21ª edição

Fanny Abramovich

As voltas do meu coração

Ilustrações: Paulo Bernardo Vaz

Série Entre Linhas

Editor • Henrique Félix
Assistente editorial • Jacqueline F. de Barros
Preparação de texto • Lúcia Leal Ferreira
Revisão de texto • Pedro Cunha Júnior (coord.) / Elza Maria Gasparotto
Maria Cecília Kinker Caliendo

Gerente de arte • Nair de Medeiros Barbosa
Coordenação de arte • José Maria de Oliveira
Diagramação • MZolezi
Projeto gráfico de capa e miolo • Homem de Melo & Troia Design
Suplemento de leitura e projeto de trabalho interdisciplinar • Veio Libri
Produtor gráfico • Rogério Strelciuc

Dados Internacionais de Catalogação na Publicação (CIP)
(Câmara Brasileira do Livro, SP, Brasil)

Abramovich, Fanny
    As voltas do meu coração / Fanny Abramovich ;
ilustrações : Paulo Bernardo Vaz — 21. ed. — São
Paulo : Atual, 2009 — (Entre Linhas: Sociedade)

    Inclui roteiro de leitura

    ISBN 978-85-357-1008-3

    1. Literatura infantojuvenil I. Vaz, Paulo Ber-
nardo. II. Título. III. Série.

    02—4050   CDD—028.5

Índices para catálogo sistemático:
1. Literatura infantojuvenil 028.5
2. Literatura juvenil 028.5

Copyright © Fanny Abramovich, 1989.

SARAIVA Educação S.A.
Avenida das Nações Unidas, 7221 – Pinheiros
CEP 05425-902 – São Paulo – SP – Tel.: (0xx11) 4003-3061
Atendimento ao cliente: 4003-3061
www.coletivoleitor.com.br
atendimento@aticascipione.com.br

21ª edição/7ª tiragem
2022

CL: 810586
CAE: 576140

Sumário

Volta atrás 5

Volteando 10

Volta e meia 12

Meia-volta 15

Ida e volta 18

Voltas e voltas 21

Muitas voltas 24

Reviravolta 27

Sem volta 30

Idas e voltas 39

Voltas e idas 42

De volta 45

Esquerda, volver! 47

Alta voltagem 50

Mais voltas 52

Muitas voltas mais 55

A toda volta 57

Mais à esquerda, volver! 60

Direita, volver! 65

Reviravoltas 68

Revolta 71

Em volta 73

Volta às voltas 75

A autora 78

Entrevista 79

Volta atrás

— Alô. Por favor, é da casa da Marília? Da Marília Seixas?
 — Sim. Quem quer falar?
 — É Lia Mara. Uma antiga colega dela. De colégio.
 — Lia Mara? De que colégio?
 — É você, Marília?
 — Sim, sou eu. Só não estou sabendo quem é você.
 — Não lembra mesmo? Fomos da mesma classe durante todo o ginásio. No Bandeirantes.
 — Meu Deus! Isso já faz uns vinte anos...
 — Até mais... Continuamos juntas no 1º colegial. Na época, chamava clássico, lembra? Aulas todas as manhãs. As duas com cara de sono...
 — É, desde menina que morro de sono de manhã...
 — E passávamos tardes e noites estudando pros exames, preparando trabalhos, conversando... Grudadas.
 — Claro! Que cabeça a minha... Lembrei! Lia Mara!!! Vivíamos juntas. Anos e anos. Dividindo tudo... Chatices e gostosuras.
 — Pois é, Marília. Que alegria ouvir tua voz depois de tanto tempo...
 — Meu Deus, você aí falando e a minha cabeça girando. Fazendo voltar tudo. Rapidissimamente. Como se fossem cenas dum filme. Uma atrás da outra. Uma por cima da outra. Embaralhando lugares e momentos...

— E vendo outros nitidamente, não é?

— Só é... Lembra dos sanduíches e do Toddy que tomávamos na sua casa?

— Imagine se não... Era infalível.

— Nossa, e a vitrola fantástica que você tinha, Lia Mara! Chiquíssima! Morria de inveja. Era o que havia de moderno pra época. Horas e horas escutando...

— A Jovem Guarda inteirinha, lembra?

— Ai, que delícia! Roberto Carlos, Erasmo, Wanderleia, Martinha, os Vips... Sabíamos todas as letras de cor.

— Que tempos bons! Bons mesmo...

— Tanta risada, tantos cochichos, tanta fofoca... Parecia que o tempo nunca era suficiente pra pôr tanto assunto em dia... Tanto segredo contado e jurado que dali não passaria. Pela alma da mãe. Lembra?

— Nossa! Juramento mais sagrado não tinha. Boca fechada pra sempre.

— Lembra de que, na minha casa, ficávamos horas e horas na frente dum espelho enorme, experimentando roupas?

— Ora, se não... Assaltávamos o guarda-roupa da tua mãe e das tuas irmãs. Tardes inteiras trocando saias, pondo blusas, inventando outro jeito de fazer decotes...

— Nos divertíamos adoidado. Era uma farra! Sempre!

— Tantos momentos tão bons! Tanta risada. Tanto choro. Tantos sonhos contados. Tantos planos compartilhados! Não dá pra esquecer...

— De jeito nenhum!

— Lia Mara, Lia Mara. Que saudades...

— Marília, Marília. Que vontade de te ver, de sentar, de conversar durante horas.

— Pôr todo o papo em dia. Passar a vida a limpo...

— Só que temos que combinar logo. Estou de passagem por São Paulo. Fico só uns dias.

— Você veio pra algum trabalho? De férias? Assistir algum Congresso?

— Não. Nada disso. Vim pra rever meu passado. Encontrar pessoas que marcaram a minha vida. Perceber o que fizeram de suas vidas, que caminhos escolheram. Clarear o que está escuro. Sentir como estão. Saber como vão...

— Que ideia bonita! Estou arrepiada... Quando nos vemos?

— Você é quem sabe. Eu estou de passagem. Você é quem tem compromissos marcados.

— Deixe olhar a agenda e ver o que tenho anotado. É, nada que não possa ser desmarcado. Tem mais. Essa conversa, esse encontro passa na frente de tudo.

— Maravilha! A que horas nos vemos?

— Às 5, está bem? Vou me sentir uma inglesa tomando seu sagrado chá. Que tal?

— Perfeito. Onde?

— Não sei. Algum lugar que você gostaria de conhecer? Há bares deliciosos nesta cidade enlouquecida...

— Não sei... Estava pensando em outra coisa. Será que ainda existe aquela antiga confeitaria? Aquela onde íamos nos nossos 16, 17 anos?

— Peraí... Está falando da Vienense?

— É. Ela mesma.

— Claro que existe. No mesmo lugar, com os mesmos sucos e doces. Inabalável.

— Sinto saudades até do cheiro de lá. De chocolate quente! Lembro de tudo. Com detalhes. Até da mesinha onde sentávamos sempre...

— Você quer ir lá?

— Adoraria!!!

— Sabe ainda o endereço?

— Acho que sim. Não se preocupe. Me viro.

— Tá, então às 5 horas, na Vienense.

— Naquela mesinha de canto. Bem no fundo.

— Fechado. Até já.

●

— Lia Mara, que bom te ver. Você está ótima!

— E você sempre bela. Sempre formosa. Parece que o tempo não passou...

— Tá, tá legal. Sempre debochada...

— Juro que é verdade. Não engordou, não desleixou. Nem rugas tem... E está alinhadíssima!

– É, me cuido bastante. Ginástica direto, olho na balança, ando a pé o quanto posso. Cabeleireiro de primeira, como sempre. Você lembra, sempre foi meu luxo, minha mania. Nada menos que o melhor!

– Lembro. E como!!!

– Você também está bem. Bonita. Dum jeito diferente. Uma beleza que não tinha quando mocinha.

– É, sou daquelas que fui ficando mais interessante com a idade. A espinhuda de bunda grossa e canela fina até que conseguiu um corpo bem-feito. Tanta aflição, tanto tormento... Lembra?

– Lembro. E como!!!

– Vamos fazer nossos pedidos pro garçom? Ele está com ar impaciente...

– Quero um frapê de coco, como nos velhos tempos. E você?

– Perfeito. Pra mim, um *milk-shake* de chocolate.

– Algum doce?

– Agora não. Talvez mais tarde.

– Garçom, por favor: um frapê de coco e um *milk-shake* de chocolate. Ah, e não esqueça os canudinhos, por favor...

– Uau! Quem diria? Você se lembra da última vez que estivemos aqui, conversando durante horas?

– Não. Acho que não. Era uma data especial? Uma comemoração?

– Jura que não lembra?

– Pela alma da minha mãe.

– Então, acredito. Viemos aqui pra você tomar uma resolução.

– Eu?

– Sim. Você.

– Meu Deus, o que era?

– Você estava sendo cobiçada por dois rapazes. Ao mesmo tempo. E tinha que fazer uma escolha.

– Claro, claro... No caminho, vim pensando nas nossas longas conversas. E uma, invariável, era sobre o Alfredo e o Bob. Então, foi aqui o dia da decisão... Não lembrava mesmo que viemos justamente aqui pra falar sobre eles. Sobre eles e eu.

— Lembro tão bem daqueles dois caindo de paixão por você. Prometendo o mundo e a lua. E você, fazendo charme. Pros dois. No maior dos dengos...

— É, eu era um horror mesmo...

— Também... Quanto mais gracinhas e exibições fazia, mais eles te adoravam. E como se não bastasse, você ainda flertava com quem pintasse, para enciumar mais os dois apaixonados. Não perdia chance. Nenhuma.

— Para com isso, que morro de vergonha!

— Também não é pra tanto... O diabo é que você não sabia mesmo qual dos dois escolher. Viemos aqui e ficamos horas falando. Você roía as unhas, chorava, falava sem parar, se repetia... Totalmente indecisa. Perdida. E interessada nos dois. Sem saber qual deles fazia seu coração bater mais forte.

— É... Foi assim mesmo. Um dia fundamental pra mim. Tinha que dar resposta. Pros dois. Estavam cansados do meu jogo de empurra-empurra. E enciumados, porque me derretia pros dois. Não sei como aguentaram... E aguentaram por um tempão. Foi mais de um ano nessa lenga-lenga, nesse não sei, não me apresse, não me pressione... Até que chegou o tal dia decisivo. Tinha que escolher. Sem apelação. Ficar com um ou com outro... E você firme, escutando. Horas...

— Escutei. Palpitei. Ouvi. Falei. Inventei outros caminhos. Fiz o que pude.

— Engraçado, lembro agora dos teus olhos me ouvindo atentamente. Do teu jeito de prestar atenção, de saber a hora em que podia interromper e falar algo. Está tão nítido, que parece que foi ontem... Foi incrível!

— Só que aí me afastei, nunca soube quem você escolheu, com quem ficou. Nem sei se partiu prum simples namoro, ou se deu em casamento... Mas hoje você me conta. Tudo, tudinho. Tá?

— Você quer ouvir tudo, mesmo?

— Com luxo e detalhes.

— Então peça outro *milk-shake*, que a história vai longe...

Volteando

16 de maio de 1966

Que noite horrível! A pior da minha vida... Penso, repenso, choro, grito, urro, estapeio o travesseiro e começo tudo de novo. Tenho que fazer uma escolha. Uma escolha que só depende de mim. Alfredo e Bob me querem. Dizem que me amam. Acho que só gostam de mim. Mas gostam bastante. Mais do que o suficiente pra me fazer feliz. Não posso mais ficar neste não-sei-o-que-quero... Muito bem. Vamos lá. Enfrentar de cara. De frente. Com tudo. O que quero? Quem quero?

Nem posso choramingar tanto. Fazer tamanha cara de coitadinha, de infeliz. Afinal, tenho 16 anos e tenho dois apaixonados. De plantão. Fazendo cenas por minha causa. Quase se estapeando em público. Minhas amigas, morrendo de inveja. Me achando uma sortuda. Dois caras legais querendo me namorar firme. Por que não posso ficar com os dois? Sei muito bem por que, portanto, vamos parar com esta bobagem.

Alfredo não é muito bonito. É alto, magricela. Cara inteligente. De óculos. Tem 21 anos, é homem feito. Tem seu carro, tem dinheiro, estuda Engenharia na Poli. Está no 3º ano. Bom aluno, estudioso, responsável. Ótima pessoa. O herói da minha mãe. Aliás, o herói de todas as mães do pedaço. Me acham uma louca desvairada por não estar com ele de vez.

Bob também não é muito bonito. Mas tem um quê especial. Um ar maroto, bem safado. Conquistador. Todo cheio de vozes, de sussurros, um sorriso de derreter. Irresistível quando quer. Desenha bonito e passa o tempo todo com seus papéis, lápis e tintas. Nem pensa em faculdade. Vive duro e sempre se vira pra conseguir algum. Consegue, quase sempre. Na minha casa não faz o menor sucesso. É tocar a campainha que torcem o nariz. Quando telefona, se pudessem, diriam que não estou. Mas quando entra, se derretem com seu charme, suas piadas. Melhor companhia não tem.

A verdade, acho, é que não estou apaixonada por nenhum deles. Ou não sei o que é amar. Como é que a gente se sente de verdade? O que acontece por dentro e por fora? Se soubesse, não estava nesta baita indecisão. Amanhã cedinho tenho que ter a resposta. Escolha escolhida. Ficar com um e largar o outro. Disso, não tenho dúvidas. Só disso. Mas ficar com qual?

Queria um sinal do destino. Uma pista. Vou passar a noite em claro, esperando. Por esse sinal e porque estou uma pilha de nervos. Não vou conseguir dormir de nenhum jeito... É muita aflição, muito nervoso, muito medo de errar. Faço outra vez a listinha dos prós e dos contras? Dos pontos positivos e negativos de cada um deles? Por que não? Faço.

Volta e meia

Passo em sua casa hoje à noite, pra gente sair e comemorar. Às 8 está bem?

— Alô. O Alfredo está?
— Um minuto por favor. Quem quer falar com ele?
— Uma amiga. A Marília.
— Ele já vem vindo.
— Obrigada.
— Marília?!! Bom dia! Você resolveu?
— Acho que sim.
— Acha? Só acha?
— Não. Não acho somente. Decidi.
— Fala logo. Não funda mais a minha cuca.
— Tudo bem. Aceitei o teu pedido.
— O quê?? Sério??? Você vai mesmo namorar comigo?
— Vou.
— Estou felicíssimo. Espero que você também.
— Sim, estou. Acho que fiz a escolha certa.
— Sabia que faria. Confiava em mim. Tinha quase certeza. Prometo te fazer muito, muito feliz.
— Tomara.
— Passo em sua casa hoje à noite, pra gente sair e comemorar. Às 8 está bem?

– Está ótimo. Aonde vamos?

– Num bar gostoso, simpático. Meus colegas de faculdade vão sempre lá. Já fui algumas vezes. Mas sozinho. Acompanhado, será a primeira vez. Acho que você vai gostar.

– Então, tá. Te espero às 8 horas.

– Capriche, hein? Fique linda! Como uma namorada...

– Não duvide. Estarei bacaníssima!

– Um beijo.

– Outro.

●

17 de maio de 1966

A primeira noite em que saímos como namorados foi bárbara. Nos divertimos. Como adultos. O lugar, muito gostoso. Só tinha gente bem mais velha. Todos com uns 20, 25 anos. Estudantes da universidade. Animados, falantes, por dentro de tudo. Fiquei meio sem graça, com medo de dizer besteira, de parecer muito criança e sem assunto. Alfredo me apresentou prum monte de conhecidos dele. Orgulhoso de estar comigo. Deu pra ver. Deu pra sentir.

Sentamos sozinhos numa mesa. Tomei, pela primeira vez na minha vida, uma cuba-libre. Rum com coca-cola. Me senti mulher. Nas nuvens. Levada a sério. Conversamos muito.

Ele me falou de seus planos de vida, de seus projetos. Eu, de alguns de meus sonhos. Sonhos ainda confusos, de quem não resolveu muita coisa da vida. Também, temos uma baita diferença de idade. Cinco anos. Eu, com 16. Ele, com 21. Um mundo... Eu, do signo de Peixes. Ele, de Capricórnio. Um universo... Tudo diferente. Muito. Outro jeito de encarar a vida. Em tudo. Falamos bastante. Rimos pouco. Ele não é de fazer muitas graças. É sério. Compenetrado. Decidido. Parece que tem a vida toda programada. Passo por passo, de hoje pros próximos 50 anos. Bem que eu queria ter tanta certeza das coisas...

Quando deu meia-noite, pediu a conta. Puxou a minha cadeira, no maior cavalheirismo. Só tinha visto isso no cinema. Segurou o meu braço até a porta. Se despediu dos amigos, com o ar mais contente do mundo.

Fomos até seu carro, andando devagarinho. Um ao lado do outro. Descobri, aí, que ele é tímido quando não está falando. Nem pegou na minha mão.

Chegamos na minha casa e ficamos conversando no carro. Bastante. Combinamos de ir no cinema. Amanhã, na sessão das 6. Vem me buscar. Quando desci, me deu um beijo levinho, no rosto. Suave como uma bolha de sabão. Entrei e, antes de fechar a porta, dei um tchau pra ele. Mandei um beijo com a ponta do dedo. Sorriu inteiro. Senti isso. Estava escuro, mas ele brilhou tanto, que quase que deu pra ver de verdade. Gozado, como se pode fazer as pessoas felizes com quase nada.

Entrei no meu quarto e deitei. Vestida ainda com minha roupa linda. Com os olhos bem abertos. Pensando o que era namorar. Pensando que imaginei mais do que realmente aconteceu. Pensando, como sempre, que a vida é igualzinha ao cinema. Não é. Não é mesmo. Uma noite ótima. Mas tão pouco romântica...

Meia-volta

— Alfredo?
— Oi, Marília. Tudo bem?
— Sim, tudo legal.
— Aconteceu alguma coisa?
— Não, nada. Estou telefonando só por saudades.
— Saudades? Mas nos vimos anteontem...
— E daí? São dois dias.
— Deixa de criancice, Marília. Estou estudando pras provas. Como louco. É muita matéria. Não quero ficar de dependência. De jeito nenhum.
— Eu sei, sei... Não estou cobrando nada. Só vontade de conversar um pouquinho...
— Você é mesmo um doce. Só que assim me atrapalha. Não posso ficar interrompendo meus estudos, a toda hora, pra atender telefonemas. Você compreende, não?
— Claro. Desculpe. Quando é que a gente se vê?
— Assim que esta maratona terminar. Mais uns dias e pronto. Liberdade!
— Quando você me liga?
— No minuto que sair do último exame. Direto!
— Então, tchau. Um beijo.

— Outro. Te amo.

•

TELEGRAMA
PARA SRTA. MARÍLIA SEIXAS
PARABÉNS NOSSO 3º MÊS JUNTOS PT CERTEZA
COMEMORAREMOS MUITOS DIAS 17 PT AMOR PT
ALFREDO

•

Lembrete
Fazer a matrícula na Academia de Dança.
Aulas: 3ª e 5ª. Turma: Clássico e Improvisação.

•

— Marília? Oi, é o Alfredo.

— Bidu! Você acha que não conheço sua voz?

— Quer ir no teatro no sábado? Assistir *O rei da vela* lá no Oficina?

— Lógico! Quero conferir esse assunto do momento. Esse auê total! Tem gente amando e gente odiando. Dizem que o José Celso Martinez Correia fez o maior espetáculo tropicalista do ano. Vai ganhar todos os prêmios. Tô louca pra ver.

— Calma, Marília. Estou sabendo disso tudo. Por isso mesmo é que quero ir ver.

— Tá, desculpe a empolgação. Quem vai?

— Ora, nós quatro, como sempre. O Augusto e a Zélia, você e eu.

— E depois do teatro, aonde vamos?

— Não sei direito ainda. O Augusto descobriu uma pizzaria nova. Disse que é simpática e que se come bem. Fica pros lados de Santo Amaro. Que tal?

— Tá, tudo bem. Vou usar uma roupa nova. Lindíssima. Ah, a peça é proibida pra menores de 18 anos?

— Não. Já me informei. Não precisa se preocupar. Você vai entrar sem ter que fazer ar de mulher fatal.

— Não tira o pelo. Não tenho culpa de ter 17 anos e vocês todos já terem passado dos 21. É muito chato ser desmancha-prazeres. Por minha causa vocês acabam não podendo entrar num montão de lugares. Me sinto péssima, mora?

— Deixa disso, menina. Até que tem se saído muito bem nos seus disfarces. É divertido ver o que você apronta pra convencer os porteiros de que já tem 18 anos. Morro de rir. E adoro!

— Acho delicioso passar por maior de idade. Afinal, estou frequentando lugares aonde nunca iria sem vocês.

— E tem valido a pena?

— Só tem. Tem sido bárbaro.

— O quê? O meu amor por você?

— Não. A companhia de vocês três.

— Malcriada. Mal-agradecida.

— Sou mesmo. E daí?

— Daí nada. Nos vemos no sábado. Passo pra te pegar às 8 horas. O.K.?

— Combinado. Um beijo.

— Outro. Te amo.

●

15 de outubro de 1966

Hoje fomos fazer um piquenique. Saímos cedinho, no carro do Alfredo. No seu DKW. O quarteto sagrado: Augusto, Zélia, Alfredo e eu. Inseparáveis. De dia e de noite. Programa sem os quatro não existe.

Um dia lindo. Radiante. O sol fortíssimo. Vimos uma cachoeira. Paramos. Quis sentir toda aquela água caindo pelo meu corpo. Me molhar inteirinha. Como não trouxe maiô, pensei em tirar a roupa e me jogar na água só com a calcinha e o sutiã. Alfredo teve um ataque. Ficou brabo. Tudo que sinto vontade de fazer, vontade grandona, ele acha que é criancice. Não entende. Não me entende. Ou tem muito medo de qualquer coisa que não sejam números e fórmulas. De coisa que não compreende. De situações onde perca o controle. Tão, tão comportado...

Ida e volta

— Alfredo? A Marta convidou a gente pruma festa. Aniversário dela. Vai ser incrível!! Superchique. Contrataram até um conjunto pra animar o baile.

— Baile? Você sabe que eu não sei e não gosto de dançar.

— Sei, sei... Mas eu gosto. Gosto tanto! A gente podia ir e eu dar uma dançadinha? Com algum amigo que estivesse a fim...

— Se você fizer muita questão, vamos. Mas você fica comigo. É minha namorada. Nada de ficar rodopiando nos braços de outros.

— Arre! Como você é chato. Um goiaba perfeito. Por que não aprende a dançar?

— Porque não gosto. Porque não quero. É motivo suficiente? Por que você não aprende a fazer contas? Não é pela mesma razão?

— A razão pode ser. Mas o divertimento é ligeiramente diferente. Imagine, comparar resolver equações com dançar iê-iê-iê. É muita quadradice.

— Querida, já falamos demais sobre isso. Acabamos nos repetindo e nos aborrecendo. Quer ir no cinema? No festival de filmes franceses? Parece que são ótimos!

— Hoje? Legal! Que horas?

— Às 8. Passo aí às 7, com o Augusto.

— Tá. E na festa, vamos? Preciso dar a resposta amanhã no máximo.

— Vamos, vamos. O que é que eu não faço por você?

— Muito mais coisas do que imagina...

— O quê?

— Brincadeira, bobinho. Você me dá tudo, tudinho que quero, que invento, que preciso e que nem preciso.

— Sério?

— Claro. Você me dá segurança, afeto, compreensão, certeza de que estará ao meu lado aconteça o que acontecer.

— É o que sinto por você. Te amo.

— Eu sei. Até já.

Lembretes

Ensaio do Jogral do Grêmio, todas as noites nesta semana. Ler mais vezes o poema.

Treinar a minha voz. Comprar uma peruca de Kanecalon curtinha e com mechas.

5 de abril de 1967

Acho que sou a garota mais invejada da escola. E da rua. Talvez até do bairro. Me olham como quem tirou a sorte grande. A grande premiada da rifa. O cartaz do Alfredo é imenso. Faz sucesso quando chega buzinando no seu carro, de terno e gravata, com flores na mão. Suspiram quando volto tarde de algum lugar badalado. Dum teatro ou dum cinema, onde nunca vão. Querem saber dos restaurantes, dos bares, dos passeios e festinhas. Até as minhas roupas são copiadas. Virei modelo de sucesso. Um montão de garotas quer levar a vida que levo. Ter namorado firme, quase engenheiro, rico, simpático. Minha mãe o adora. Papai conversa muito com ele. Têm muito em comum. Pensam parecido. Fazem planos. Tudo sério. Tudo a sério. Ainda não fiz 18 anos e parece que levo uma vida de quem tem 25.

TELEGRAMA
PARA SRTA. MARÍLIA SEIXAS
PARABÉNS NOSSO 1º ANO DE NAMORO PT
OBRIGADO MOMENTOS FELIZES PT AMOR CRESCENTE
ALFREDO

Lembretes
Sábado: fazer compras na Rua Augusta.
Ver as roupas das butiques novas. Comprar o pôster do Flower Power.
Comprar o último disco dos Beatles e o dos Rolling Stones.

São Paulo, 5 de novembro de 1967

Querida Marilu

Achei bárbara a tua última carta. Pela foto, vi que você está muito bacana! E pelo que me conta, deve se sentir maravilhosa. Que experiência!!! Estar aí, nos Estados Unidos, vendo e vivendo tantas novidades. Releio suas palavras e morro de inveja. De tudo! Principalmente do teu namoro com o John, assim tão livre, tão pra frente. Fiquei sem ar, quando li aquela parte sobre a tua viagem com ele, pelas praias da Califórnia. Uau!! Você é mesmo moderna!
Eu vou bem. Meu namoro com o Alfredo, firme. Firmíssimo. Estamos juntos há mais de um ano. Saindo todo final de semana. Nos vendo, às vezes, durante a semana. Tudo certinho, tudo direitinho. Ele é do tipo que fica sem graça à toa. Morre de medo de ser audacioso, de tomar liberdade... Sinto que nos gostamos. Nos damos bem. Mas é tudo morno. Sempre. Sem calor e sem frio. Sem altos e baixos. Acomodado. Sem paixão.
Você é das poucas pessoas com quem posso falar dessas coisas. Sem frescura. Não vai achar que sou uma galinha. Uma assanhada. Compreende o que quero dizer. Me escreva logo e diga, francamente, o que acha. Será que continuo confundindo amor de cinema com amor de todo dia?
Beijos e saudades

da sua sempre amiga
Marília

Voltas e voltas

1º de janeiro de 1968

Que noite! Que festa!!! De arromba!!!
Um grande réveillon! A mais fantástica e linda passagem de ano-novo que já vivi. Se todo o ano de 1968 for assim, não pararei nem um minuto. De me mexer, de falar, de vibrar, de compartilhar. De viver gostosamente. Dum jeito mais solto. Vibrante. Tomara que tudo aconteça nesse ritmo e nesse entusiasmo. Se for mesmo assim, não pararei em nenhum segundo.
Feliz ano novo! Feliz 1968!!

•

— Alfredo, Alfredo. Não me aguento. Estou estourando de felicidade.
— Notícias do vestibular?
— Passei! Sou caloura de Ciências Sociais da Faculdade de Filosofia. E da USP!! Não é bárbaro?

— Parabéns, garotinha. Você merece. Estudou pra chuchu. Tinha que entrar.

— E entrei muito bem classificada. Na ponta da lista. Valeu o esforço.

— Claro... Um beijo pra minha universitária preferida.

— Obrigada. De noite, vamos comemorar lá em casa. O.K.?

— Estarei lá. Orgulhoso! Até já.

•

— Marília? É o Alfredo.

— Não diga, Bidu.

— Quer ir no teatro assistir o *Cemitério de automóveis*? As críticas são ótimas! Aplausos gerais.

— É, eu sei. Parece que o Victor Garcia, o diretor argentino, fez um espetáculo como nunca se viu em São Paulo. Ultramoderno. Uma novidade atrás da outra. Estão dizendo que é um estouro. De tirar o fôlego.

— Então vamos?

— Adoraria. Só que não posso.

— Não pode? Por quê?

— Porque hoje tenho ensaio da nossa peça. Está tudo atrasadíssimo. E a estreia chegando. Sinto muito, mas não dá mesmo.

— Então, vamos amanhã... É domingo.

— Necas. Nos próximos quinze dias, toda noite tem ensaio. Sem discussão. Compromisso geral. Não dá pra mancar de jeito nenhum.

— Então...

— Ora, deixe de frescura. Vá com o Augusto e a Zélia. Não me importo. Mesmo. Juro. Divirta-se. Um beijo pra você e outro pra eles.

•

São Paulo, 2 de abril de 1968

Querida Marilu

Estou abalada. Não com histórias de amor, mas com histórias de morte. Acreditava que ninguém pudesse morrer jovem. Muito menos de maneira brutal. Não sei se a notícia chegou aí em Washington, onde você está... Mas aqui, não se fala em outra coisa.

Assassinaram um jovem estudante. O Edson Luís Lima Santos. Assim, baleado com um tiro, por um PM, no restaurante estudantil do Rio, o Calabouço. Um absurdo. Todo mundo ficou indignado, chocado. O enterro dele foi acompanhado por 50 000 pessoas... Li nos jornais que foi um dos momentos mais emocionantes que o Rio já viveu. 50 000 pessoas caminhando no escuro. Faltou luz na cidade. Aí acenderam tochas com jornais, apareceram lanternas e velas. Aquelas luzes todas tremulando e caminhando. Arrepiante! Pena que tivesse que acontecer algo tão trágico para que o país se sacudisse e percebesse em que baita repressão estamos vivendo.

Procure ler a Realidade, *a melhor revista do país. E o* Pasquim, *que fala — no maior deboche — de tudo. Assim você sentirá a quantas andamos. Se puder, passe numa agência da Varig e veja o jornal* Correio da Manhã *desta semana. Desde o dia 29, dia do assassinato.*

Beijos envergonhados desta ditadura brasileira

da sua sempre amiga
Marília

•

Lembretes
Pedir pro Cláudio deixar eu assinar o trabalho que fez sobre Anarquismo para a aula de Política.
Procurar uma armação nova pros meus óculos. Redondinha. Estilo John Lennon.

Muitas voltas

— Alfredo? Oi, é a Marília. Tô te ligando pra dizer que não dá pra gente se ver hoje. Desculpe ser assim, em cima da hora.
— Uai, por quê?
— Vou numa reunião no Diretório Acadêmico. Importantíssima. Chegou um pessoal do Rio pra contar como foi a passeata dos 100 000. Quero saber tudo. Com detalhes. Pela boca e olhos de quem estava lá. Parece que nunca se viu nada de parecido neste país, até hoje. Uma mobilização total!! Todo tipo de gente, de todas as idades, de todas as profissões, caminhando e protestando... Gritando e cantando. Marchando abraçados, de braços dados. Deve ter sido lindo! A grande marca deste primeiro semestre! E o início de grandes reviravoltas neste país.
— Se acalma, menina. Que agitação...
— E não é pra estar? Tenho que sair na disparada pra ouvir tudo desde o início. Não quero perder nenhuma palavra.
— Não se exponha à toa.
— Não sei como consigo namorar com um burguesão como você. Gostar de alguém tão alienado... Tchau.
— Tchau. Um beijo. E cuidado...

Lembretes
Comprar o Diário do Che Guevara. Ler até o final da semana.
Comprar o último disco do Chico.

●

— Marília, querida, hoje é nosso dia. Aniversário do início do nosso namoro.

— Credo, tinha esquecido...

— Esquecido? Festejamos todos os meses. Nunca pulamos nenhum dia 17.

— É que estou com tanta coisa na cabeça, tanta coisa pra fazer, pra resolver, que me escapou... Desculpe. Sinto muito. Pra mim, é muito importante este nosso dia. Só que tenho um trabalho de Antropologia pra entregar, uma conferência pra assistir, três livros pra acabar de ler... E dar uma corrida na escadaria do Teatro Municipal pra participar dum ato de protesto contra a censura. Fico sem fôlego, só de falar...

— E então, o que fazemos?

— Poderíamos nos encontrar lá pela meia-noite? Quando eu acabar isso tudo?

— Ficou louca? Hoje é terça-feira e eu trabalho amanhã cedinho.

— Então te mando um enorme beijo pelo telefone e a gente festeja outro dia. Pode ser?

— Poder, acho que pode. Estou muito decepcionado. E chateado. Você não vê mesmo um jeito de adiar essas suas tarefas? Pelo menos algumas delas...

— É impossível. Mesmo. Sinto muito. Amanhã a gente conversa comprido. Tá?

●

— Marília, querida. Sábado vamos sair pra algo muito especial.

— Especial? O quê? Já estou curiosa.

— Saberá de tudo no sábado. Arranje uma roupa linda, se enfeite com aquele cuidado e bom gosto que você tem e me espere às 9 horas.

– Onde vamos?

– Surpresa. Segredo, por enquanto. Acho que você vai gostar.

– Meu coração está batendo... E ainda faltam cinco dias... Será que não morro de curiosidade antes de sábado chegar? Acho que não aguento...

– Resiste sim. Te conheço. Como a palma da minha mão.

●

12 de abril de 1968

Fui hoje comprar roupas da moda. As que todas usam na faculdade. Foi fácil achar uma calça Lee importada bacaníssima e uma sandália franciscana marrom. Demorou, mas encontrei uma bolsa nordestina, bem grandona, de couro curtido, e uma boina preta de pano que cai como uma luva. Agora, me sinto mais eu.

Cansei de usar as roupas que o Alfredo gosta tanto. Não que sejam feias... De jeito nenhum. Só que são para outro tipo de garota. As que não levam a vida duma universitária. Como eu.

Ando muito confusa com o Alfredo. Parece que ele quer outro tipo de mulher. Diferente da que estou me tornando. Quando experimentei as roupas novas, percebi bem isso... Será que também estou procurando outro tipo de homem? Será? Não sei. Não sei mesmo...

Reviravolta

— Você está lindíssima! Com teus cabelos negros caindo pelo rosto, estes teus olhos brilhantes... Como disse o poeta sobre a outra Marília: "Que efeitos são os que sinto? São efeitos do amor?".
— Nunca te vi tão romântico...
— Estou mesmo romântico. Apaixonado. Mais enamorado de você do que nunca.
— É bom ouvir isso.
— Então, vamos?
— Onde?
— Numa boate. Na Baiuca.
— Boate? Que bárbaro! Jura que é verdade?
— É. Já fiz a reserva da mesa... Afinal, você já tem 18 anos. Pode entrar sem problemas.

•

— Que lugar mais incrível! Estou excitadíssima. Onde nos sentamos?
— Aqui. Espere, deixe eu puxar a cadeira pra você. Garçom! Garçom, por favor, champanhe.
— Champanhe?
— Te disse que era especial. Pensei em todos os detalhes. Do jeito que você gosta. Como numa cena de cinema.
— Estou sem fala... Que lindo! Então, um brinde?
— Claro. A nós. A nossa felicidade! Ao nosso futuro juntos!
— Tim-tim.
— Nossa, quase ia esquecendo. Pegue isso. É pra você.
— Um presente? Adoro ganhar presentes! O que é? Ai, fala logo... O que é?

— Ora, abra a caixa e mate a sua curiosidade. É simples.

— Que pacote mais benfeito! Tá difícil não rasgar o papel... Meu Deus! Não acredito... Um anel? Uma joia de verdade? Nossa! Estou sem ar...

— Gostou mesmo? É lindo, não? Escolhi com a ajuda da sua mãe. Com ele, faço o meu pedido oficial. De noivado.

— Noivado? Mas acabei de fazer 18 anos...

— Então... Já estamos juntos há dois anos. Nos gostamos. Estou formado e tenho um bom emprego. Posso fazer carreira na firma. Já dá pra começar os preparativos para o nosso casamento. Esperar mais o quê?

— Estou sem fala. Sem fôlego. Atordoada.

— O que responde? Aceita?

— Deixa eu respirar primeiro... Preciso dum tempo pro susto passar...

— Susto? Mas namoramos firme há dois anos...

— Bem, surpresa. Por ser hoje. Por ser agora. Não esperava. Ai, que pena que você não dança... Aqui, tudo chama pra sair rodopiando... Esta música tão gostosa... Não quer arriscar mesmo? Nem hoje??

— Você sabe que eu não gosto de dançar. Sou muito sem jeito.

— Vamos, vá, seu desengonçado.

— Mais tarde, talvez. Agora, estou aflito demais. Esperando a tua resposta.

— Tá... Deixa eu experimentar o anel. Que lindo! Que tal ficou?

— Perfeito. Combina mesmo com você...

— É tão bonito! Quero ver como fica no outro dedo.

— Marília, Marília. Está perfeito onde está. Para com isso...

— Não posso. Gosto de ficar pondo, tirando, experimentando de outro jeito, fazendo rodar de frente pra trás.

— Isso tudo, parece, é nervoso...

— Claro que é nervoso. Dos puros. Dos bons.

— Querida, você está só adiando a resposta.

— Acha que não sei? Estou sufocada, aparvalhada. Tentando encontrar a resposta certa. Dentro de mim.

— Vamos lá. Não é possível que depois de dois anos você ainda não saiba o que sente por mim. O que quer pra nós dois.

— Não me pressione, Alfredo. Por favor.

— Não tenho essa intenção. Nem essa vontade. Há um mês que não penso em outra coisa. Preparando esta noite, preparando este pedido.

— Compreendo e agradeço. Estou encantada com tudo. E também estou dividida, confusa. Tentando achar a resposta. A minha resposta.

— E qual é?

— Não sei... Não sei mesmo. Gosto muito de você. Gosto de estar contigo. De passear, de conversar. Temos tido ótimos momentos juntos. Acho que nunca brigamos pra valer. Brigamos?

— Não. Só rusguinhas. Mais uma prova de nosso bom entendimento.

— Não sei, não sei... Tenho medo de viver uma vida assim tão calma. Sem brigas, sem discussões. Tão parada. Sem sangue e sem lágrimas. Meio morna.

— Você deve estar maluca... Não está satisfeita com o nosso relacionamento?

— Pra dizer a verdade, acho que não. Nem sabia disso direito até este minuto. Quero mais vibração em minha vida. Mais emoção. Não quero me preocupar com enxoval, como se fosse a coisa mais importante pra fazer neste momento. Não quero dar uma de burguesona.

— Não te entendo, Marília. Juro que não. Qual é a tua resposta? Diga sem discursos. De modo claro, por favor.

— Sinto muito, Alfredo. Mas é não. Não agora. Não pra mim.

— Então, é o fim?

— Do namoro e do noivado, acho que sim. Sim, é o fim. Mas seremos sempre amigos, não?

— Realmente, não sei. Estou sentido, magoado. Se conseguir passar por cima disso, quem sabe, um dia te procuro de novo...

— Vou esperar. Foi bom ter você ao meu lado nestes dois anos. Posso te dar um beijo de tchau?

— Por favor, vamos embora. Já. Estou farto de infantilidades.

●

Lembretes
Encurtar minhas saias: 5 cm acima do joelho. Comprar um pôster do Che Guevara e pendurar em cima da minha cama.
Recortar e guardar as entrevistas da Leila Diniz, a mulher mais livre deste país.

Sem volta

— Foi assim que aconteceu, Lia Mara. Desse jeito.
— E as reações? Como é que foram?
— De cara, minha família ficou furiosa. Enlouqueceram de raiva. Tentaram, de todos os jeitos, me convencer a rever. A pensar com mais calma. Aquele papo de que partido igual não encontraria nunca, que estava desperdiçando a melhor oportunidade da minha vida, etecétera e tal. Você conhece o repertório familiar pra essas ocasiões. Usaram inteirinho. Com chantagens e tudo. Minhas amigas e vizinhas não entenderam nada. Acharam que era outro ataque de estrelismo meu. Mais charme pra vasta plateia. Que ninguém, em seu juízo perfeito, recusaria ser noiva do Alfredo, etecétera e tal. Pra dizer a verdade, acho que na hora e nos meses seguintes nem eu entendi direito o que tinha feito.
— Entendeu quando?
— Com precisão e clareza, não sei. Sei que tinha acabado de entrar na faculdade. Estava na USP. Tudo fervilhava! Assistia aulas e me deslumbrava. Com tudo. Me sacudi por inteiro. Tinha tanto pra aprender. Tanto pra fazer. Pra me testar. Pra ouvir. Pra experimentar. Pra saber de outros jeitos de viver e de ser.
— E aos 18 anos...
— Se topasse aquele noivado, tudo que estava vendo pela primeira vez teria que colocar em segundo lugar. Isso eu já tinha sacado...

Nos últimos tempos do namoro, eu ia num montão de lugares e inventava mentiras, dava canos, desmarcava encontros na última hora... Sentia que esfriava com ele. E me abria pro mundo. Um impedia o outro. E afinal, ter 18 anos em 1968 foi uma bênção!

— Se foi... Sem dúvida. Que ano! Que época certa e fantástica pra se ser jovem. No mundo todo!

— Foi muita acontecência. Girávamos sem parar. Querendo fazer tudo e estar em todos os lugares ao mesmo tempo. Uma loucura linda! Tudo era fundamental!!! Tudo era imperdível! Tudo era urgente!!! Íamos mudar o mundo. Nem mais, nem menos...

— Me conta uma coisa. Você encontrou o Alfredo depois da noite do não?

— Menina, anos depois... Por essas manhas do destino. Nos trombamos numa festa. Por acaso.

— E...?

— De cara, nem o reconheci. Demorou pra atinar quem era. O dono da casa perguntou se nos conhecíamos. Quando disse o nome, caí do cavalo.

— Tão mudado assim?

— Mudado? Estava careca. Feio. Ar envelhecido, cansado. Magro como sempre, mas com uma barrigona. Manja o tipo? Nenhum charme... Modelito executivo de terceiro escalão. Roupas horríveis. Convencional. Em tudo.

— Conversaram?

— Nem sei se dá pra chamar de conversa. Uma total falta de assunto. Ficamos naquela de "Como vai?", "Lembra de fulano?", "Tem encontrado com sicrano?", "Ainda gosta de teatro?". E por aí foi... Duma sem-gracice absoluta. Pra fazer a linha mais atual falamos dos filmes e peças em cartaz, do resultado das últimas eleições, de algum artigo que saiu em algum jornal... Um tédio só. Educado. Modelo conversa-pra-qualquer-lugar-com-qualquer-pessoa. Desnecessário dizer que continua com opiniões reacionárias sobre tudo.

— Nada mais pessoal? Nadinha mesmo?

— Distância absoluta. Quilômetros de lonjura. Tava na cara que estava com medo, pânico de se aproximar, de se achegar. Nem me olhava direito. Interessadíssimo no seu sapato, no teto da casa. Superdefendido. Em tudo. O tempo todo.

— Nem falou do trabalho dele?

— Isso sim. Lógico. Continuava como engenheiro, claro. Na mesma fábrica onde começou quando se formou. Tinha um posto qualquer lá dentro. Ganhando bem. Sem sufocos financeiros. Funcionário exemplar, provavelmente. Aqueles de confiança... Imagine, quase 25 anos trabalhando no mesmo lugar. Vendo as mesmas caras todos os dias, cuidando dos mesmos assuntos por décadas, cumprimentando as mesmas secretárias e os mesmos clientes. Um horror! Fiquei até com pena...

— Sério? Tua impressão foi tão ruim assim?

— Bem pior do que estou demonstrando, acho. Rever quem foi um modelo de segurança, de certeza, desse jeito... tão medíocre. Apagado, sem brilho.

— Casou?

— Sim, com a Marta. Não sei se você lembra dela. Foi do colégio também. Era bonita, estrelona. Dava umas festas chiquérrimas. Bem metida a grã-fina. Dizia que queria ser uma das dez mais elegantes do Brasil. Que estaria sempre nas colunas sociais...

— Continuava assim?

— Jesus! Nem reconheci... Estava gordíssima, pesadona, ar matronal. Sem gracíssima. Vestida com roupa de costureirinha de bairro. E não por falta de dinheiro. Por desleixo, por desinteresse mesmo. Sabe, aquele tipo de pessoa que desistiu de ser alguma coisa, de ser alguém...

— Jura?

— Quando cheguei estava sentada num canto da sala. E lá ficou o tempo todo. Até a hora em que os dois foram embora. Com preguiça, acho, até de levantar, de procurar outras caras e outros papos.

— Sentada sozinha?

— Não. Com outras senhoras. Da turma dela. Comia tudo o que serviam. O garçom passava, e nhoc. Sem pestanejar. Não rejeitou nada. Sólido ou líquido. A própria carência. Proseava com as outras gordas senhoras sobre empregadas e problemas com o zelador. Sobre a melhor feira e a última novela da TV. Fiquei por perto um tempo, bebendo o meu vinho e ouvindo esse papo. De não acreditar...

— Só isso?

— E sobre seus filhos. Escolas e pediatras. Dentistas e aulas particulares. Aqueles problemas terríveis duma mãe eternamente cansada. Totalmente dedicada ao lar.

— Você está exagerando...

— Não. Não mesmo. Ela conseguiu ficar tão apagada quanto o Alfredo.

— Assim tão medíocres, mesmo?

— Pela alma da minha mãe... Casal nota 5. Médios em tudo. Sem destaque em nada. Pareciam mais antigos que os meus próprios pais. Me senti incomodada. Entristeci...

— Pareciam felizes, ao menos?

— Isso não sei... O Alfredo, quando jovem, não era exatamente arrebatado. Imagine com mais de 40... Não vi eles sorrirem, se tocarem, darem as mãos. Pode ser que na casa deles, com as portas fechadas pro mundo, se deem bem e se gostem. Sei lá... Tomara que sim!

— Ficou mexida com o encontro?

— Pô, se fiquei. Me pus no lugar da Marta. Se tivesse noivado com o Alfredo, teria casado um ano depois. Na certa. E no máximo. Com 19 anos, provavelmente, estaria grávida. Pararia a faculdade. Largaria o grupo de teatro, a política. Tudo. Provavelmente também teria três filhos. Ficaria cuidando deles até crescerem. Enquanto isso, eu iria parando, estagnando, diminuindo...

— Acha mesmo?

— Peraí. Não que eu seja contra casar. Muito menos contra ter filhos. Um, dois, três ou até quatro. E cuidaria deles muito bem. Amorosamente. Só que naquela época era tudo tão convencional, tão fechado... Casar, cozinhar, decorar o apartamento, costurar, cuidar das crianças... em vez de te fazer crescer, aprender a se virar, a inventar e até a se divertir com isso tudo, virava um baita dum peso. Imenso. E não permitia fazer mais nada... Ou isso ou aquilo. Difícil era dar conta da casa e do trabalho. Dos filhos e da política. Foi assim pra muita gente legal...

— E com você teria sido diferente?

— Claro que não. Minha vida teria sido levar filhos pra aulas, psicólogos... enfim, faria o que a Marta fez e faz. Aí pelos 35 anos, no auge da infelicidade e da inutilidade, da gordura e da falta de assunto, voltaria a estudar. E começaria a ser profissional lá pelos 40 anos... Se é que seria. Duvido muito. Inventaria um trabalho de meio expediente, faria de conta que estava cuidando da minha vida, que teria algum negócio meu.

— E acha que não?

— Pode até ser... Mas duvido. Muito. Sem experiência, sem traquejo. Mas o pior é que teria perdido a iniciativa, a coragem, a audácia. E a bendita curiosidade... Isso sim é sem remédio. Pelo que vi, teria passado pela vida sem viver.

— Acha mesmo?

— Ah, sim. Sem dúvida. Que vidinha besta teria levado com o Alfredo... Que pessoa bobinha e inexpressiva eu seria... Me livrei de boa!

— E do Bob, soube alguma coisa?

— Sim. Também tipo encontro por acaso. Na porta dum cinema, há uns cinco anos. Me olhou e começou a declamar, aos berros, os mesmos versos que me dizia quando eu atendia um telefonema seu, séculos atrás: "Marília, tu chamas? Espera que eu vou".

— E?

— Sorri. Fiquei emocionada. A saudade voltou. Depois fui ficando vermelha de vergonha. Toda a rua olhava. E ele continuava. Sem parar. Começou como curtiçãozinha gostosa. Acabou no maior vexame.

— Ah, vá... Só isso?

— Claro que não. Tanto tempo de lonjura. Pintou forte a vontade de prosear. Ele estava com a Marli e fomos, os três, prum barzinho, bater papo.

— E então?

— Bem... Contou que, quando fez 23 anos, transou uma viagem pra Paris. Foi com a cara e a coragem. Sem um tostão no bolso, sem bolsa de estudos. Ficou pela Europa por cinco anos. Viu de tudo, mexeu com tudo, trabalhou no que apareceu. Desenhou, quando deu... A maior parte do tempo, numa boa! Se divertiu, agitou, correu mundo. Morou com tudo que foi tipo de gente. Barra pesadíssima e padres. Variou. E como! Pelo que contou e como contou, acho que foi feliz lá. Viveu!

— E depois?

— Voltou pra terrinha. Tentando ser pintor. Se firmar como artista. Não conseguiu grande coisa. De verdade, nunca teve muito talento. Um certo jeito pra desenhar e olhe lá... E só com isso não dava pra fazer carreira. Nem com empurrão dos amigos...

— Desistiu?

— Não. Entrou na maior fossa. Quase pirou. Partiu pro artesanato. Produziu muito. Em couro, metal... Também não se acertou.

— Que azar...

— Não sei bem se é azar... Parece que nada que tentou na vida deu certo. Insistiu em ser artista, sem ser... Continuou fantasiado de *hippie* por dentro e por fora.

— Casou, né?

— É. Com a Marli. Coitada...

— Coitada? Por quê?

— Ficou um espanto. Magérrima, encovada, enrugada. É bater o olho e ver que está caindo de canseira. Um mau humor só. Impaciente, nervosa. Cheia de tiques.

— Tenha dó. Você está exagerando...

— Não estou, não, senhora. Até entendo por que está assim.

— É mesmo?

— A coitada trabalha como escrava pra sustentar toda a família. Bufando, porque faz o que não gosta. Se mata. O dia todo num escritório lazarento, batendo à máquina, fazendo um trabalho mecânico. E ela era uma pessoa criativa, cheia de ideias...

— Tem filhos?

— Dois meninos. Parece que lindos. Cuida deles, da casa e do Bob. Tudo nas costas dela. Compras e pagamentos. Fica no batente umas dezesseis horas por dia. De domingo a domingo. Dá pra deixar qualquer mulher um trapo.

— E o Bob nessa?

— Continua acreditando que é um jovem charmoso de 18 anos. Se recusa a fazer os 40 anos que tem. Não conseguiu grana, nem fama. Nem satisfação. Nem sabe dividir nada com a esposa. Biscateiro, nem ofício tem...

— Coitado...

— Pois é... Se apagou. Perdeu o brilho e a chama. O encanto se foi. Um homem de 40 anos, vestido e falando como um adolescente *hippie*. Nem foi informado, parece, que o sonho acabou. Aquele sonho, claro... Brincando de marginalzinho a esta altura do campeonato.

— Mas eles são felizes juntos? Se amam?

— Não sei... mesmo. Acho que a Marli cria é três filhos. Não parece relação homem-mulher. De adultos. Mais pra mãe-paciente e filho-problema. E ele ainda tentou se derramar pra cima de mim. Na cara dela. Passei a noite toda fingindo que não via, que não entendia. Foi chatíssimo.

— Continua apaixonado por você?

— Quer saber? Acho que não. Não mesmo. Só fez gênero. Exercício pra manter a prática de conquistador. E deve ficar nessas gracinhas com todas as garotinhas que encontra. Aposto.

— Deu pra sacar a vida que você teria levado com ele?

— É... Uma vidinha muito da sacrificada. Sofrida e irritante. Cansativa e sem muitas compensações.

— Putz!

— E tem mais. Uma vida bem boba. Antigona. De bicho-grilo ou de *hippie* dos anos 90. Pode bobagem igual?

— Você acha?

— Claro. A grande luta pra não ser quadrado. Em tudo. Pra tudo. Gira e gira nas mesmas águas. E não consegue sair do mesmo lugar... Nem dar um salto do trampolim, pra ver se cai mais longe ou mais fundo...

— Hum... Mas seria assim mesmo a sua vida com ele? Só isso? Só assim?

— Pelo que vi, senti, ouvi, assuntei... sim. Pela cara da Marli, sim. Teria sobrado pra mim, o pior. Não teria crescido. Seria uma grande ninguém. Como a Carolina da canção do Chico. Lembra? Aquela do "Eu bem que avisei a ela, o tempo passou na janela, e só Carolina não viu".

— Talvez... Mas sempre?

— Não. Se tivesse ido com ele pra Europa, acho que lá teríamos vivido incrivelmente. Só lá. Por inteiro. Na aventura pra valer. Na emoção do risco diário. Na volta, ou separação imediata ou canseira pra sempre...

— Pensa mesmo assim?

— Ah, sim. Eu seria uma pessoa amarga, mal-humorada, contando os dinheirinhos. Infeliz paca. Sem tempo pra mim... Me livrei de boa!

— Nossa! Que histórias... Quem imaginaria que se pudesse levar uma vida tão boba casando com o Alfredo ou com o Bob?

— Claro, são hipóteses. Porque também tem a parte da Marli, e a da Marta, no casamento. Comigo podia ter sido diferente, mas de qualquer modo, pelas personalidades do Alfredo e do Bob, acho que eu não teria tido uma vida rica e vibrante, como queria...

— É, pode ser...

— Pois é... E não que naquela época eu soubesse direito o que estava fazendo. Nem sei muito bem por que escolhi e por que larguei. Os dois.

— Isso não é bem verdade...

— É, não é, não. Escolhi o Alfredo pesando bem. Só que, na balança, pus valores que, logo logo, deixei de acreditar. Não deu dois anos e não me importavam mais a mínima. Imagine, então, hoje. Mas, na hora do tchau, foi na pura loucura. No impulso. Na comichão lá de dentro, dizendo: não, não vai nesta, não embarca nesta canoa que está furada... Foi na intuição. Inteirinha. Ainda bem que não ouvi a razão. Senão, estaria de madame na vida.

— E se tivesse escolhido o Bob?

— Teria ouvido a voz da pele. O arrepio do corpo. Só que era muito menina pra sacar isso. Acho que nem entendia a tremenda atração física que sentia por ele. Sei lá... Vai ver que eu pensava que eram cócegas, porque ele era engraçado. Lembra que, naquela época, não se transava. Controle total. Se tivesse sacado que cada olhada dele mexia com meus desejos e ânsias mais secretos, estaria de arrimo de família na vida.

— Bendita seja a nossa intuição!

— Amém!!!

•

— E você, Lia Mara? Não vai falar nada?

— Estou falando. Sem parar. Perguntando e não respondendo: quero muito te ouvir. Clarear o que está escuro...

— Se é assim que você quer...

— É. É assim. Assim mesmo...

— Sabe, Lia Mara, tem horas que fico encafifada com outros homens. Dessa mesma época. Dos meus 18, 19 anos... Aqueles que quiseram tanto namorar comigo e que não topei. Não dei chance. Nenhuma. Não paguei pra ver. Muito menos pra sentir. Às vezes sento e fico me perguntando como teria sido a minha vida se tivesse dito sim pralgum deles...

— Uau! Isso dá samba. E muito!

— Mais um *milk-shake*?

— Agora não... Que tal café e água?

— Ótimo. Garçom, por favor...

Idas e voltas

— Tem recado?
— Tem. Oito!
— Oba! Vai desfilando os nomes.
— Não precisa anotar. Todos do Zé.
— Ai, saco! Que praga!

•

— Marília, que bom te encontrar.
— Você acha, Zé? Pois eu não acho nada bom.
— Me dá uma chance, gatinha.
— Já disse que não. Que sarna! Desculpe, tô atrasadíssima. Outra hora a gente termina este papo.
— Pra onde você vai? Posso te dar uma carona.
— Aqui perto. Vou a pé. Correndo. E já estou indo. Tchau. Mande notícias por escrito...

•

— Marília, quer assistir o nosso ensaio hoje? Um trabalho incrível do TUSP, o Teatro da USP. Nada mais nada menos do que *Os fuzis da Senhora Carrar*, peça do Bertolt Brecht, direção do Flávio Império... E eu no elenco... Tudo e todos longe do esquema. Fora do sistema.

– Parabéns! Meus aplausos entusiasmados. Pra todos. Torcida e apoio total! Tô de acordo e faço fé!! Mas não posso ir...

– Vem, vá. Tá tão moderna! Muita experimentação. Muita novidade. Tem momentos de arrepiar! É incrível. É a celebração dum ritual. A criatividade do Flávio é de enlouquecer. Jorra. Sem parar. Acho que você vai adorar...

– Acredito em tudo. E espero a estreia.

– Queria ouvir sua opinião sobre o meu trabalho.

– Boa sorte! Voa, senão você perde a hora do teu ritual...

– Você me leva ao desespero. Nada feito mesmo?

– Nada.

●

– Oi, Zé. Fala rápido. Tenho um milhão de coisas pra fazer.

– É que vai ter uma festa gostosa. O Caetano e o Gil vão aparecer. O violão não vai parar... O pessoal do teatro vai, pra engrenar um papo com o Augusto Boal. Vamos nessa?

– Claro, claro... Caetano e Gil prontos pra te aplaudir. Glória, glória, aleluia!!! Amanhã você me conta como foi. E quem foi de verdade...

●

– Você nem imagina a festa que perdeu. Tropicalismo puro. Todo mundo lá. Até a Bethânia, Nara, Gal, Zé Kéty foram. Teve de tudo até 5 horas da manhã. Acabamos indo tomar café da manhã com o Zé Celso Martinez. Delírio!!! Quem mandou ser tão escamosa? Azar o seu...

●

Domingo de tardinha, num dia de 1968

Arrumação geral neste final de semana. Não dá mais pra mexer na minha escrivaninha. Milhões de papéis, papeizinhos, tíquetes... Tudo amassado, misturado. Não consigo encontrar o que preciso. Ler, jogar fora o que nem sei mais o que é, organizar em pilhas o que quero ou preciso guardar.

Tô boba com a montanha de bilhetes e presentinhos que o Vinicius me mandou. Nem sabia que eram tantos... Um, tipo convite de casamento, chamando pra ver um filme do Glauber Rocha e fazer fuxico na Galeria Metrópole... Uma foto minha que não faço a menor ideia de onde foi que tirou, com uma dedicatória toda derramada. O primeiro exemplar da revista Veja, *de 9 de setembro de 1968. Um cartazinho escrito com letras góticas no maior deboche: "Amor também é política. Sexo também é política. Vamos fazer uma reunião particular? Só nós dois?"... Cartas e cartinhas, postais e santinhos de tudo quanto é canto onde passou, parou, olhou... Numa delas, num papel colorido, diferente, copiou uns versos do Tomás Antônio Gonzaga: "'Marília, já treme/já treme de susto/o meu coração!'... telefone antes que eu tenha um enfarto".*

Pobre Vinicius. Tão apaixonado. Não telefonei nem topei nenhum convite dele. Nunca. Estuda arquitetura na FAU e é um tremendo dum devorador cultural. Nunca vi ninguém com tanta vontade de assistir tudo, de ler tudo, de saber de tudo. E é divertido. Pena que não seja o meu tipo. Não dá, com ele não dá mesmo. Nem como amigo, porque quer mesmo é me namorar. Rasgo tudo isso? Guardo numa pasta pra ver quando já for bem velhinha?

Voltas e idas

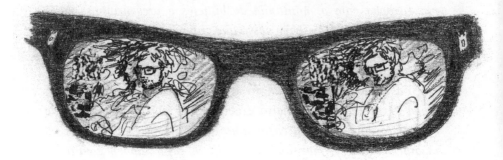

São Paulo, 1º de agosto de 1968

Marilu querida

Estou indignada. Louca da vida. Imagine que uma colega me apresentou prum tipo horroroso, o Tiago. Aluno do Mackenzie. Todo metido a galã, foi me convidando prum baile no Guarujá. Um de que as colunas sociais já estão falando antes de acontecer... Maior alvoroço na burguesia. Ele, crente que ia me abrir as portas dum mundo desconhecido e bárbaro, que eu sonhava conhecer. Imagine...

Até que é bem bonito. Um pão. Queimado de sol. Falava das vezes que foi pra Europa, como eu das que fui pra Santos. De seus cavalos, sítios e carros. Da piscina de sua casa. Escamoso. Tirando pelo da Revolução no mundo todo. Se fazendo de muito bem informado sobre tudo. Vai ver, é até do CCC. Ah, você não sabe o que é isso. É Comando de Caça aos Comunistas. Um bando de trogloditas que saem por aí dando cacetadas, murros, batendo em estudantes até sangrar. Se possível, até irem parar num hospital. Uma gente nojenta. Todos odeiam. Atrasados mentais querendo atrasar a democracia, a Revolução. Não topam discussão ou debate. Vão logo soltando o cassetete.

Bem, o Tiago foi me irritando tanto – não tanto pelo que era, mas pelo que representava – que lhe disse com todas as letras: "Burguesão. Você faz parte do Sistema. Quero é distância de gente como você. Tchau. Não foi nenhum prazer. Não me procure de jeito nenhum. Vá conversar com quem vai neste teu papo reacionário".

Ele arregalou os olhos. Ficou sem saber o que dizer. Perdeu o rebolado. Atravessou a rua. Foi embora. Me senti revolucionária. Acho que agi muito bem. Você não acha?

Beijos

da sua sempre amiga
Marília

P.S. – Demorei tanto pra pôr a carta no correio que o Tiago me telefonou. Disse que ficou impressionado com a minha autenticidade. Com meu papo firme. Insistiu pra gente sair e conversar. Nem respondi... desliguei. P.S. 2 – Ele me telefonou de novo. Disse que sou uma brasa. Exatamente o seu tipo de garota. Quer um encontro. Será que os homens gostam de ouvir desaforos? De apanhar? Não estou entendendo nada. Juro. Novos beijos.

●

— Foi assim que aconteceu, Lia Mara... Desse jeito. O que achou?

— Você contou sobre todos os homens que deixou passar?

— Claro que não. Dos que lembrei. Dos que ficaram mais fortes na memória. Por alguma razão. Sei lá qual... E tem mais. Só os do comecinho da faculdade. Se fosse fazer uma lista completa desses anos todos, precisaríamos ficar uma semana numa ilha deserta. Só lembrando e falando... Rindo e suspirando.

— E sabe alguma coisa deles?

— Ouço falar, quando algum deles aparece nos jornais dando uma entrevista, recebendo um prêmio ou como candidato a algum cargo. Essas coisas. Bem públicas. Informação geral. Pra todo mundo.

— E?

— Não dá pra saber o que teria sido a minha vida com o Zé ou com o Tiago. Às vezes imagino, mas é puro delírio. Afinal, nunca tivemos maior aproximação. Nunca tivemos um dia a dia. Não sei dos altos e baixos, das briguinhas por tudo e por nada, dos carinhos ou das porradas. Morro de arrependimento por não ter vivido nada com eles. Raiva de mim mesma. Não conheço a resposta porque nunca abri nenhuma porta. Não me permiti. Bem-feito pra mim.

— Concordo. Inteiramente.

— Também teve o outro lado. Os caras que não me deram a menor bola. Nenhuma chance. Por mais charminho que fizesse. Por mais gracinhas que contasse. Por mais que soltasse os cabelos ou fizesse discursos inflamados. Imunes a tudo... Vacinados.

— Muitos?

— Bem mais do que eu gostaria... Lembro especialmente do Paulo, lindo, *sexy*, irresistivelmente cativante... Do Renato, decidido, linha de frente de tudo, valente, enfrentador. Cara da maior coragem!... Do Sérgio, lido, culto, sério e sensível no que buscava e fazia. Uma pessoa linda!... E olhe que tentei aproximação com eles. Pra valer. Pra cada um, no seu gênero. Inútil... Bumerangue. Ida e volta.

— Putz, deve ter sido chato...

— Se foi. E como foi... E teve outros mais. O Eduardo, gentil, divertido, superengraçado. Tudo o que acontecia ao lado dele virava piada. Das boas!... O Flávio, talentoso, criativo, agressivo, cheio de ideias, cheio de ação. Incrível!!! Necas, nequinhas... Mas a grande paixão mesmo, não só minha, era geral, foi pelo Che Guevara. Total! Completa!! Absoluta!!! Só que, como ele já tinha morrido em outubro de 67, sobravam os sonhos, as fantasias loucas, os suspiros profundos e a convicção de que ninguém, neste mundo, se comparava a ele. Dava até pra engolir a esnobação dos outros. Afinal, homens muito inferiores ao romântico, heroico, lindo, desprendido, inteligente, terno, Che... Consolo besta. Mas até que funcionava quando o sucesso com os vivos não acontecia...

●

— Lia Mara, você tem certeza de que não quer falar nada? Contar um pouco de você?

— Tenho, tenho, Marília. Hoje o dia é teu. Vá em frente.

— Tá bom, tá bom. Sabe, Lia Mara, se eu tivesse namorado o Cláudio, saberia como teria sido a minha vida. Tim-tim por tim-tim.

— Cláudio? Que Cláudio?

— Cláudio, meu colega de faculdade. Mais do que isso. Bem mais do que isso. Entramos juntos no curso de Ciências Sociais. Passamos no mesmo vestibular. Cursamos todas as matérias de todos os anos juntos. Não desgrudávamos um do outro. Unha e carne. Juntos o tempo todo. Peraí que te conto...

De volta

— Marília, corre aqui!
— Qual é o problema?
— Fiz as contas e não podemos perder mais nenhuma aula de Estatística. Uma falta mais e dependência direto. Por pouca frequência.
— Jura? Vamos ter que aguentar aquela aula horrorosa?
— Vamos. Prestando atenção e fazendo todas as perguntas possíveis e impossíveis pro ilustre professor notar a gente. Temos que marcar pontos chamando a atenção e fazendo de conta que nunca perdemos uma aula. Só perdemos a nossa timidez. Em geral, pega. E temos que acabar o trabalho de Sociologia. Entrega no final desta semana.
— Ai, eu morro... Cadê tempo?
— Tem tempo pra tudo. Não se afobe. Já combinei com o resto da equipe um encontro às 6 horas. Papo firme. Direto. Dividir os capítulos e os assuntos e tocar pra frente.
— Tá. Tudo bem. Você é um gênio de organização. Vê se faz andar bem depressa porque às 8 horas temos um encontro com o grupo de estudos dos 3M: Marx, Mao e Marcuse. E estou fascinada com essa leitura. Como todo mundo, aliás. Ninguém fala em outros autores nesta faculdade, nesta universidade, nesta cidade.

– Ninguém com menos de 30 anos. Porque os velhotes, em quem ninguém deveria confiar, lembram de cada autor, de cada tema... E pior, cobram! Que perda de tempo...

– Bem, tá combinado. Reunião às 6 horas, grupo de estudos às 8. Deve acabar lá pelas 11, 11:30. Dá pra dar uma passadinha na Galeria Metrópole, pra sentir o clima e saber das novidades, lá pela meia-noite. Que tal?

– Bárbaro, bicho.

●

21 de julho de 1968

Recebi hoje duas cartas. De duas amigas queridas. Amigas de faz-tempo... Do colégio, ainda.

A Malu está na Bahia. Mais hippie do que nunca. Curtindo todos os baratos. Numas de paz e amor. Sem grilos. Fazendo suas roupas coloridas e pondo flores nos cabelos. Doidíssima e numa boa, como ela diz...

A Tuta está em Curitiba. Eufórica porque tomaram a faculdade. Construíram barricadas. Ninguém entra e ninguém sai de lá. A postos. Comem, dormem, discutem, se reúnem, trocam de roupa, cozinham, brigam e se abraçam, tudo dentro da reitoria. Está entusiasmadíssima, a mil. Com a sensação do dever cumprido, como ela diz...

Engraçado é ver, assim de perto, na mesma hora, pessoas da mesma idade, que fizeram a mesma escola, que conviveram com as mesmas pessoas, que foram nos mesmos lugares, que cresceram juntas, escolherem caminhos tão diferentes... Estão contentes, felizes. Cada uma na sua. Fiquei alegre, porque gosto muito delas duas. Demais!

Vou responder agora às duas cartas. Pra cada uma, no seu jeito. Vai ser divertido e gostoso. E vou matar as saudades delas...

Esquerda, volver!

— Cláudio, vamos indo pra passeata-relâmpago?
— Tenho que acabar de escrever este texto. Vamos com quem?
— Nós dois, como namorados. Fica mais fácil. Encontramos outro casal, na porta do Cine Metro. E de mãos dadas vamos indo quando topamos, por acaso, claro, com o Marcos, na porta do Cine Ipiranga. O grupo dos cinco está formado. O Marcos é quem nos dirá o roteiro da passeata e o ponto de encontro da noite, pra saber se alguém caiu. Se um de nós for preso, já se sabe a quem avisar...
— Ótimo. Já providenciou o material pra levar?
— Claro. Bolinhas de gude e rolhas pra assustar os cavalos quando vierem pra cima da gente. Escorregam direto. Estou com cinco lenços pra proteger o rosto do gás lacrimogêneo. Não periga de nenhum de nós ficar sufocado, ter ataque de tosse e sentir aquele mal-estar todo, que a gentil polícia quer nos oferecer, toda vez que saímos pra protestar. Já peguei os textos pra distribuir e panfletar. As instruções todas da direção da UEE seguidas a dedo. Tudo certo.
— Ótimo! Melhor usar a japona pra guardar todo esse material. Não chama a atenção. E também agasalha neste friozinho. Não quero pegar outra gripe...
— Vá, acaba logo isso... Estamos nos atrasando. Está tudo cronometrado. Com todos os grupos. Impossível dar furos, em qualquer etapa.
— Tô sabendo, companheira. Vamos.

•

Uma noite friorenta de 1968

Tudo em cima da pinta. Sem erros. Nos encontramos como combinado. Saímos os cinco caminhando a pé. Milhares de outros gru-

pos de cinco vinham vindo de outras direções. Chegamos todos na hora, na Praça da Sé. Fervilhando de gente. Nem se sentia o frio da tarde, tanto era o calor de dentro. Distribuímos os panfletos, as filipetas. Gritamos com todos os pulmões e toda a convicção: ABAIXO A DITADURA! ABAIXO A DITADURA! Irmanados. Sabendo que a luta era pra valer, que era justa, que queríamos nossa liberdade de volta, nosso país de volta, nosso presente e volta. Bonito, de arrepiar! Gritos rasgando a pele, saindo alto, com toda a força da verdade. Não tinha um. Tinha todos. Éramos multidão.

A polícia chegou, como todo dia. A cavalo. Metendo medo. Jogando gás lacrimogêneo em cima da gente, empinando os cavalos, baixando o cassetete. Um horror! Nos dispersamos rapidamente, como combinado. Cada um saiu correndo, como louco, pra onde pôde. Do jeito que deu. Os pivetes dando dicas de ruas, de cortes de caminhos, como sempre. Solidários. Os comerciantes deixando a gente entrar nas suas lojas e se esconder, até toda aquela violência passar, como quase sempre. Gente boa.

Senti quando a calma voltou. Saí da loja com ar de mocinha que foi às compras. Andei até o Largo São Francisco, com meu passo mais distraído. Ninguém desconfiou. Procurei o pessoal. Não demorou pra nos acharmos. Os cinco. E começamos de novo a caminhada. Com muitos e muitos outros grupos de cinco. Marchamos pro outro lado da cidade. Foi frenético, vibrante, lindo! Vieram os cavalos, o gás, o cassetete de novo. Corremos de novo. Nos encontramos de novo. Dando o recado. Com coragem. Com valentia. Orgulhosa de mim, de meu grupo. De fazer parte do movimento estudantil. De participar dessas passeatas-relâmpagos. De ajudar a provocar raios e trovoadas. De estar fazendo parte da História.

•

— Cláudio, você tem um tempinho pra mim?

— Que olhar mais triste... O que aconteceu?

— Males de amor, acho. Posso encostar a minha cabeça no teu ombro?

— Vem cá. Encosta e chora. Me conta...

— Não. Agora quero ficar quieta, pensando. Sem falar. Só sentindo carinho.

— Tudo bem. Te faço cafuné, canto pra você. Tá?

— Obrigada. Não saberia o que fazer da minha vida sem você.

●

Lembretes

Comprar os discos de Joan Baez, do Peter, Paul e Mary e do Bob Dylan. Se sobrar dinheiro, o do Simon e Garfunkel.

Recortar todas as colunas deste mês do Stanislaw Ponte Preta publicada na Última Hora *e mandar pra Marilu.*

Comprar pílulas anticoncepcionais.

●

— Marília, você conhece a Ruth?

— Que Ruth? Aquela loira que faz Psicologia?

— É, aquela mesma.

— Conheço. Que é que tem? Se apaixonou por ela?

— Imagine se consigo pensar em outra mulher com você ao meu lado. Não dá. Não posso.

— Deixa disso. Nós somos amigos. Somos irmãos. Fala dela, vá.

— Só pra você ficar mais inchada. Ela me chamou pra ir assistir um *show*. Por delicadeza, perguntei a que horas seria. Ela disse. Falei que justamente naquela hora tinha uma reunião da AP. Abriu um sorriso enorme, piscou com seus enormes cílios postiços, deu um jeito pros seios saltarem da blusa e me perguntou: "O que é a AP?". Com a minha vocação de professor, comecei a explicar. Que era um grupo de esquerda radical, de inspiração católica. Que nossa sigla queria dizer Ação Popular. Que éramos fortíssimos no movimento estudantil. Assim. Bem simples. Fácil. E que a reunião daquela noite era importante. Coisas fundamentais pra decidir. Urgentes. Ela sorriu com o corpo inteiro e me perguntou: "Você não acha mais divertido sair comigo? Podemos badalar um bocado, dar um tempo, e ver o que acontece e quem sabe, depois, a gente dorme junto?" Gelei. Inteiro. Não acreditei. Quase sentei.

— Foi?

— Bem, não podia ir no tal *show*. Tinha uma reunião da AP. Nos encontramos mais tarde....

— E? Conta, vá...

— Segredo político-sexual. E você nem é da AP...

Alta voltagem

28 de junho de 1968

Este mês está fogo. Que junho mais tenso! Toda noite, plantão na porta do Teatro Ruth Escobar. Protegendo os artistas de Roda-viva e da Feira Paulista de Opinião. Aqueles maníacos do CCC já destruíram o cenário, o equipamento técnico e espancaram os atores de Roda-viva. Na maior selvageria. Dá até vergonha de ser contemporâneo duma gente tão desclassificada...

Os brutamontes deixam bilhetes avisando que seus tabefes, socos e sua vontade de destruir tudo que represente alguma liberdade continuam. E pra quem estiver participando das duas peças. Nós, artistas e estudantes, estamos fazendo uma milícia. Diária. Dispostos a enfrentar a pancadaria e a truculência do CCC.

Tenho medo deles. São grandões. Fortes. Vêm armados. Com cassetetes, soco-inglês e o escambau. Vale tudo. Mas engulo o medo e fico firme. Abraçada com todos. Protegendo os artistas. Lutando pelo direito de expressão. Contra a censura de qualquer tipo. Protegendo a cultura e a arte. Até isso acabar. Um dia tem que acabar...

•

— Cláudio, já sabe da última? A Regina vai casar com o Roberto. De véu e grinalda. No civil e no religioso. Com lua de mel e tudo.

— Mais um casamento burguês. Que pobreza... Que gente mais conformada. No final da década de 60 e ainda se comportam como nossos pais. Sem nenhuma rebeldia. Dizendo amém. Sem ter por quê. Mantendo as convenções.

— E perdendo as convicções. Vou riscar o nome deles do meu caderno. Fim.

•

Um domingo bem de noite de agosto, o mês das bruxas, deste ano de 1968

Estou chegando dum final de semana emocionante. Fui, com mais dez pessoas, pruma fazenda. No maior segredo. Saímos na madrugada do sábado. Escuríssimo. Sem avisar a ninguém pra onde íamos. Sem poder levar roupa pra trocar. Sem ter ideia do lugar onde fomos. Maior clima de mistério.

Lá estava um velho sindicalista espanhol. Um homem incrível! Da maior experiência em tudo quanto é tipo de luta. Veio pra nos ensinar a fazer a bomba molotov. Tudo. O material, as proporções, a preparação. Exigindo atenção total. Depois, a jogar. Lançar perto e longe. Acompanhar a explosão e se proteger. Exigindo atenção absoluta. Seriíssimo. O tempo todo.

Não é difícil. Treinamos muito. Várias vezes. Até não errar mais. Em nada. Em nenhum momento. Meu coração batia forte... O tempo todo. Aliviei no domingo. Aí, já chamava de coquetel molotov. Me sinto mais preparada, agora, pro que der e vier. Valeu!

•

— Cláudio, anda com isso, vá. Vamos!

— Pra onde?

— Pra rua, pro mundo. A gente sai sem destino e inventa no caminho.

— Topado.

Mais voltas

— Puxa, Marília, que vida agitada vocês levavam...
— Como quase todo mundo, Lia Mara. Naquele tempo, na década de 60, praticamente ninguém via televisão. Só os velhos e as crianças. Os aparelhos eram em preto e branco. A TV em cores ainda não tinha chegado por estas bandas... Rede nacional, nem se ouvia falar. Muito menos, transmissão por satélite. Novela não era moda, nem mania. Eram programas locais, bem mixurucos. Os jovens só assistiam TV em ocasiões muito especiais. Os festivais de música da Record, da Excelsior, da Globo. Alguns programas musicais diferentes, envolventes...
— É, é verdade...
— Sei que marquei na agenda por ser *superespecial*: ver a chegada do homem na Lua. Emocionante. Foi no dia 20 de julho de 1969. Aí sim, todo mundo em casa. De olho arregalado, não querendo acreditar...
— É, lembro desse dia. Milagre tecnológico...
— Nosso tempo de estudantes era passado na rua. Inteirinho. Na faculdade, nos cinemas e teatros, nas passeatas e comícios... Nos barzinhos e nas festas, com um violão tocando e passando de mão em mão. Nos cursos e conferências. Lendo adoidado. Nos reunindo, transando. Estudando e cantando. De manhã até de noite. Varando a madrugada. Não só eu. Ou eu e o Cláudio. Todos.
— Que diferença de hoje...
— Pois é... Não é à toa que o hino da época foi a canção simples do Vandré: *Pra não dizer que não falei de flores*, que todos conhecem como *Caminhando* e que ganhou o segundo lugar no Festival da Globo. Ele

sozinho com seu violão, no Maracanãzinho, cantando pra 30 000 pessoas quietas e que foram se envolvendo, aos poucos e devagarinho, com sua letra... Pra mim é o símbolo de como nos sentíamos e agíamos:

Vem, vamos embora
Que esperar não é saber
Quem sabe faz a hora
Não espera acontecer.

Fico arrepiada até agora... Me lembra tanta coisa. Tanta coisa tão boa e tão bonita que vivi. Que vivemos...

— É, foi lindo, amiga...

— Foi, foi sim... E você, Lia Mara? Não vai *mesmo* falar nada?

— Estou falando, já te disse. Sem parar. Perguntando e não respondendo, te ouvindo, pra clarear o que está escuro...

— Já sei, já sei. Se é assim que você prefere...

— É, sim. É assim mesmo.

— Então tá bem... E aí, deu pra sentir o Cláudio dentro disso tudo, Lia Mara?

— Acho que sim. Uma pessoa legal. Disponível, não? Nunca foram mais do que amigos?

— Eu, não. Ele era fascinado por mim. Me protegia, segurava minhas pontas, me empurrava pra frente e ficava esperando que eu o enxergasse dum outro jeito...

— Ainda se veem?

— Muito. Bastante. Te disse que com ele eu saberia a vida que teria levado. Sem ter que adivinhar. Sem ter que conferir pelo acaso. Saberia palmo a palmo. Passo a passo.

— Então, descreve.

— Se formou e foi fazer mestrado na Bélgica. Superestudioso, bom pesquisador, fez uma tese importante. Voltou e começou a dar aulas em faculdades. Foi fazendo carreira universitária. Faz cursos no exterior, escreve em jornais e revistas, faz palestras pelo país todo. Se tornou muito conhecido na sua área. Respeitado. Consultado. Produtivo.

— E isso te parece ruim?

– É ótimo! Pra ele. Pra ele e pra Marieta, com quem vive há um tempão. Levam uma vida onde nada sai dos eixos. Nunca. Certinha. Planificada. Com um caminho certo. Subindo degrau por degrau da mesma escada. Com bússola e mão no leme. Com destino certo.

– Não te atrai, não é?

– De jeito nenhum. Muito previsível pro meu gosto.

– Você já pressentia isso quando não se apaixonou por ele?

– Não, acho que não foi por aí. Ele foi, de cara, o amigão. O confidente. O quebra-galhos. O irmão que me consolava. O colega que fazia os trabalhos. O primo que me levava pra passear num lugar onde eu encontraria gente interessante e charmosa. Quando começa assim, não dá nem pra enxergar como homem. Não dá tesão. Não dá lágrimas ou suor frio. Não provoca batidas no coração, esperando se vem... ou não. Vira outra relação. Não de homem-mulher. Mas de dois amigos. Iguais. Sem sexo e sem paixão pelo meio.

– É, sei do que está falando... Não dá pra misturar as estações.

– Não é que não dá... Não se consegue. Nem forçando a barra. E nem tem por quê. Um amigo como ele, encontrei poucos na vida. Marcante. Necessário. Me apoiou nos piores momentos da minha vida. Nos mais sofridos, lá estava ele. Sempre presente. Sempre afetuoso. Sempre me dando a mão. Pro que desse e viesse...

– Que sorte a sua contar com ele.

– Se foi... Se fosse namorado, amante, marido, não seria essa luz. Seria dispensável. Melhor do jeito que foi. Tanto que nos vemos, falamos, trocamos figurinhas. Indicamos um ao outro pra trabalhos. Não temos mais a mesma intimidade, claro. Mas permanece a mesma confiança e a mesma lealdade. É bom sentir isso! Contar com alguém por tanto tempo... Amores se foram... O amigão ficou.

•

– Lia Mara, já que você não quer contar nada, quer ouvir agora a história do meu primeiro grande amor, amor de verdade?

– Se quero? Só quero!

– Então vamos pedir mais uma bebidinha. O que você vai tomar?

– Acho que mais café. E água mineral. Pra você também?

– Também. Garçom, por favor...

Muitas voltas mais

Era setembro. O ano era ainda 1968. Me inscrevi num curso intensivo no departamento de História da Faculdade de Filosofia, um curso sobre a Inconfidência Mineira. O professor, endeusado por todos, era o Dirceu. Brilhante! Dava aula dum modo apaixonado. Segurava a classe toda. Suas mãos desenhavam no ar, despenteavam seus longos e loiros cabelos, sua voz se inflamava, seus olhos brilhavam, faiscavam... Ardia inteiro. Se agigantava enquanto falava. Ufa!

Fazia um paralelo entre os inconfidentes em 1789, nas Minas Gerais, e o que estava acontecendo conosco em 1968, em São Paulo, no Brasil... Lá, naquela época, lutavam pela independência, pra deixarmos de ser uma colônia de Portugal. Nós, gritando, contra os acordos MEC/Usaid, contra o imperialismo americano que nos sufoca, não aceitando ser ainda uma colônia dos Estados Unidos... Lá, em 1789, eles se indignavam contra a miséria em que o povo vivia, nas ricas terras de Minas, onde o ouro e os diamantes abundavam e eram inteira e imediatamente mandados pra Portugal. Nada por lá ficava... Como nós ainda víamos e vivíamos em 1968. Não com pedras preciosas, mas com os minérios... Nossa riqueza indo embora. Nosso povo vivendo e morrendo na maior miséria. Ainda...

Lá, em 1789, o governador Cunha Menezes prendia, extorquia dinheiro, jogava suas tropas nas ruas contra a população... Aqui, em 1968, os governadores e o Costa e Silva, presidente da República, jogavam sua polícia na rua contra os que protestavam, os que denunciavam, os que bradavam por um mundo melhor... Lá, em 1789, os inconfidentes eram homens cultos, profissionais liberais, idealistas, seguidores dos ideais de libertação da Revolução Francesa... Aqui também nós, estudantes e professores, gritávamos junto com os franceses atrás de suas barricadas inflamadas: "É proibido proibir", "A imaginação no poder!"... Lá, os inconfidentes foram, em 1792, mortos, enforcados, mandados pro degredo, exilados... Nós, aqui, ainda não sabíamos como tudo acabaria...

Mas, dois séculos depois, continuávamos lutando pela mesma causa e em nome das mesmas necessidades: a luta contra a tirania, a liberdade do homem, da terra, do país. "Liberdade ainda que tardia" tremulava na bandeira dos inconfidentes. Nós, em 1968, levantamos nossas faixas, que eram nossas bandeiras, lutando ainda pela liberdade e pela democracia. Tardia, sim... Até quando?

Quando terminou a 1ª aula, ele se aproximou de mim, com ar zombeteiro...

A toda volta

— Teu nome é mesmo Marília?
— É. O teu é mesmo Dirceu?
— Dirceu, o personagem enamorado de Marília. Não Tomás Antônio Gonzaga, o autor dos poemas. Você é mesmo morena natural e seus cabelos são tão longos como os da outra Marília? Ou está usando uma peruca?
— Sou. Sim. Jamais — E você estudou Direito e foi juiz como o Gonzaga?
— Sim. Me formei advogado. Nunca exerci. Juiz, então, nunca fui... Nem mesmo da conduta dos outros. Sou um poeta, poetinha. Ainda sem importância. De fato, sou professor. Por gosto e vocação.
— Como o Gonzaga. E também tão mais velho... Pelo menos, parece...
— É... Hum... Já passei dos 30. Mas pode confiar em mim, apesar disso.
— Posso mesmo? Será?
— Por que não experimenta? Quer ir, à noite, assistir o Festival Internacional da Canção? Lá no Tuca. Tenho entradas. Vamos?
— Tá. Vamos. Só que nos encontramos na porta do teatro. Tenho uma reunião do diretório agorinha.

— Tá. Até já, sua agitadora.

— Até já, seu inconfidente.

●

— Meu Deus! Que porretada foi o discurso do Caetano. Nunca vi ele assim. Que loucura! Gritando feito um possesso: "Mas é isso que é a juventude que diz que quer tomar o poder?". Berrando: "Vocês estão por fora!". Não parou nem embaixo da maior vaia. Quanto mais a gente vaiava, mais ele urrava. Xingou Deus e o mundo. Os jovens, o júri, os cantores, os outros compositores. Só se abraçou com o Gil. E saíram os dois do Festival. Se autodesclassificaram. Acho que enlouqueceu.

— Será, Marília? Será que não tinha razão? Em nada?? Será que não foi muita vaia em cima duma única pessoa? Será que não houve alguma injustiça? E numa dose razoavelmente grande?

— Não acho. Mesmo. Afinal, é dele a canção *É proibido proibir*. É muita incoerência proibir a gente de se manifestar.

— É, mas estavam acontecendo coisas que vocês, jovens, não perceberam. Politicagem miúda. Muita pressão em cima deles. E vocês não deixaram nem ele cantar. Muito menos falar. Ou explicar. O que é que é? Acham que são os donos da verdade? Os proprietários exclusivos dela? Que ninguém mais tem razão pra fazer isso ou aquilo, pra agir assim ou assado???

— Eu, hein? Não foi você que declarou, com todas as letras, que não é, nem nunca foi, um juiz?... Imagine se achasse que era...

— Me acertou. Direto. Primeiro, com sua formosura. Agora, com sua inteligência rápida. E por não concordar, de cara, com qualquer argumento. Mesmo que razoável... Vamos sair daqui, sentar em algum lugar, tomar alguma coisa e conversar?

— Por que não? Não é proibido...

●

— Marília, vamos passear no Parque Trianon?

— Só nós dois?

— Claro. De mãos dadas. Em silêncio. Sentindo o cheiro das plantas, sentando nos bancos, vendo o verdor das árvores.

— Vai ser lindo! Se a gente for logo, ainda pega o crepúsculo.

— Vem. Vamos.

●

— Dirceu querido, onde vamos hoje?

— Não sei. Tava querendo um programa tranquilo. Bem manso. Sem agitação em volta.

— Onde?

— Podemos dar um pulo na minha casa. Você fica se embalando na rede e eu te leio poemas de Fernando Pessoa. Bem baixinho. Que tal?

— É, vai ser bom. Estou precisando de calma hoje. Duma parada gostosa.

— Se quiser, ponho na vitrola os discos da minha mocidade. Os da bossa nova. As canções lindas do Tom Jobim, do Carlinhos Lyra. A voz do João Gilberto, da Nara Leão inventando ritmos e doçuras.

— Vamos, vamos sim. Que música você vai pôr primeiro?

— *Eu sei que vou te amar*, do Tom e do Vinícius. É minha declaração pra você. De amor. E por toda a minha vida.

— Obrigada. Você me surpreende e me emociona. Sempre.

— Porque você provoca e faz sair o que tenho de melhor e de mais bonito em mim.

Mais à esquerda, volver!

Lembrete
Passar na sede da União Estadual dos Estudantes. Pegar o material pra distribuir nas passeatas.

•

— Te procurei hoje à tarde.
— Ah, fui lá na UEE pegar uns panfletos. Sabe, Dirceu, recebi uma carta divertidíssima do Marcos.
— Ele está viajando? Não sabia... Foi pra onde?
— Nossa, já faz um bom tempo. Antes da gente se conhecer, ele já tinha se mandado. Está andando pelas Américas. Palmilhando tudo, de mochila nas costas. Pedindo carona, andando de caminhão, em ônibus onde viajam pessoas, galinhas, coelhos, o escambau... Se divertindo muito. Se latinizando. Experimentando de tudo! Se esbaldando...
— Onde ele está agora?
— A carta é de Cochabamba. Está lá já faz uma semana. Depois vai pra La Paz e acha que termina de conhecer a Bolívia daqui a

uns três meses. Imagine até chegar no México, ponto final da viagem... Vai demorar uns três anos...

— Quando responder, manda um abraço meu. Grandão.

— Será que um dia também faremos uma viagem assim?

— Quem sabe? Por que não?

●

— Marília, quer passar o final de semana no sítio do Marcelo?

— Quem vai?

— Nós dois.

— Que horas partimos?

●

Lembrete

Pintar uma faixa grandona e pôr no quarto do Dirceu: "Nós nos amamos tanto...

E amamos tanto a Revolução!"

●

— Oi, amor. Um beijo e tchau. Vai começar uma passeata daqui a pouquinho.

— Tá. Vai logo. Eu fico por aqui. Tenho que aprontar uns textos. Fazer umas traduções. A gente se vê de noite. Lá em casa, tá?

●

— Ei, como foi a passeata?

— Ótima! Fui com o Cláudio. Tinha mais de 3 000 pessoas. Nos concentramos na faculdade, na Maria Antônia. Lá estava tudo fervilhando. Muitas caras novas. Estamos crescendo. Muito! Dá pra ver e conferir só com os olhos. Cada dia mais gente acreditando nesta luta. Vindo junto. Vibrando junto.

— Fizeram que roteiro?

— Foi fantástico. A UEE divulgou que o caminho ia ser pela Rua da Consolação até a Praça da República. A polícia, os cavalos, ficaram todos de plantão nessa área. No momento da partida, o pessoal da organização avisou que o roteiro era outro. Totalmente diferente. Seguimos na maior facilidade. Despistamento geral. A polícia ficou com cara de tacho. Totalmente confundida. Foi genial.

— E o povo nas ruas?

— Apoiando a gente. Deu pra panfletar muito. Deu pra abrir as faixas e desfilar com elas bem, bem alto. Contra a censura e em defesa da liberdade e da democracia. Gritamos também essas palavras de ordem. Foi bonito! Recebemos aplausos por onde passamos. Fui abraçada por uma velhinha que estava com lágrimas nos olhos. Quase chorei também. Tive que segurar.

— Baixou a repressão?

— Só no final. Mas deu pra correr. Já nos reunimos pra avaliação. Nenhuma prisão, ninguém caiu. Hoje foi realmente ótimo! E você, o que fez?

— Preparei aulas. Comecei a tradução duma conferência do Fidel. Enorme! Vai demorar um tempão pra acabar... E estive numa reunião que durou horas. Discussão em cima de discussão. Foi de matar!

•

— Oi, tá chegando de onde?

— Duma passeata. Muita gente. Umas 4 000 pessoas. Soubemos, como sempre, o roteiro quinze minutos antes de sair. A organização da UEE está perfeita. Tinindo. Caminhamos, panfletamos, falamos, gritamos, sacudimos o povo e a cidade.

— Quais as palavras de ordem de hoje?

— Tinha duas correntes. Uma dizendo "Só o povo organizado derruba a ditadura" e a outra "Só o povo armado derruba a ditadura". Não consegui saber qual era a mais forte, a que tinha mais adeptos...

— Fique atenta, Marília. Pra gente é fundamental saber quem está acreditando numa posição e quem está com a outra. A repressão foi forte?

— Como sempre. Cavalos, gás lacrimogêneo, pancadas. Deu pra correr. Deu pra gente se proteger. Deu pro coração parar de bater de medo e se acalmar. Quem foi preso já saiu. Nada grave.

— Vamos jantar?

— Que dúvida... Estou morta de fome. Onde?

— Que tal no chinês?

— Divino, maravilhoso!

●

— Ai que bom te achar aqui, Dirceu! Me abraça. Forte. Ainda estou tremendo de medo. Fiquei apavorada.

— E não é pra ficar? Nunca vi tanta violência. Estudantes da Filosofia da USP e alguns do Mackenzie batalhando contra o CCC, os grupos paramilitares da direita estudantil e a polícia. A rua parece uma trincheira de guerra. Dá arrepios...

— Tem gente machucada?

— Muitos... Estão sendo cuidados. Alguns já foram levados pros hospitais. Mataram gente. Quebraram tudo. Que vandalismo... Que loucura. Coisa de selvagens, de fascistas. Tão querendo piorar a situação. Tá na cara.

— Ei, vocês aí... Corram. Tão pondo fogo no prédio da Maria Antônia. Todo mundo voando pra rua. Depressa! Vamos!!!

— Que horror! Nunca pensei que ia estar no meio dumas cenas destas.

— Estes dois dias, 2 e 3 de outubro, ainda vão ser parte da História do Brasil: os dias da Guerra da Rua Maria Antônia.

— Preferiria entrar na História dum outro jeito. Por outra razão. Por acreditar que valia lutar por meu país. Não por ser machucada, amedrontada, ferida, queimada. Por direitistas alucinados e armados até os dentes. Cambada de canalhas.

— Marília, olha ali. Tua mãe.

— Minha mãe?

— Junto com outras mulheres. Todas gritando. Por seus filhos. Protestando. Chorando. Assustadas. Por seus filhos.

— É. Foi uma brabeira mesmo... Não é à toa que estão neste estado. Deixa dar um beijo nela. Te vejo logo.

— Dirceu! De onde você está vindo?

— Duma reunião seriíssima. Conseguimos definir muita coisa que estava em suspenso. Brigas e brigas, discursos e discursos, apartes e apartes. Interminável. Teve momentos sacais, desanimadores. Outros, de tirar do sério. Finalmente, conseguimos acertar os ponteiros, as importâncias...

— Como é que você está se sentindo?

— Agora, animado. A mil. Sabendo qual é o caminho. Por ora...

●

— Marília, quando você termina as provas?

— Passo por média. Não fiquei pra nenhum exame. Só falta entregar um trabalho de Sociologia. Eu e o Cláudio vamos terminar no sábado. E aí, férias. Por quê?

— A gente podia ir passar uns dias no Rio. Que tal?

— Divino!

— Podemos, então, ir no domingo. Ficamos na casa do Chico. Vamos namorar o tempo todo. Passear, nadar, andar de bicicleta em Paquetá, subir no bondinho e tudo mais que der na telha.

— Hip, hurra! Vou arrumar as malas. Já.

— Tem tempo... Agora, vamos dançar? Formosa senhorita, me daria o prazer desta contradança?

— Com muito gosto, gentil cavalheiro. Escolha o disco e ponha na vitrola.

— Te amo.

— Te amo.

Direita, volver!

São Paulo, 20 de dezembro de 1968

Querida Marilu

Desculpe tamanha demora pra responder tua carta e dar notícias. É que desde o final de outubro ficou tudo complicado. Tumultuado. O Congresso Estudantil de Ibiúna, aqui em São Paulo, foi um desastre total. Prenderam as lideranças estudantis, desarticularam tudo. Uma loucura! Um deus nos acuda. Entramos numa correria daquelas... Pra dar sumiço em muito material escrito, pra tentar reorganizar as coisas e arrumar a cabeça das pessoas. Foi um período difícil, carregado. Fiquei no maior sufoco. Sem tempo pra nada. Nem pra te mandar um bilhete...

Quando comecei a respirar veio o dia 13 de dezembro. Hoje, faz uma semana que o Costa e Silva, presidente da República, assinou o Ato Institucional nº 5. A brabeira é total. O Congresso foi fechado. Deputados, senadores, professores, jornalistas foram cassados. A censura está em tudo. Presente em todos os jornais, revistas, na televisão. Não se sabe o que anda acontecendo de verdade. Só dúvidas, incertezas, na cabeça de todos... Por baixo do pano, no boca a boca, fica-se sabendo que estão prendendo gente adoidado. Quem faz parte de algum movimento, de algum grupo, está em pânico. Pode ser preso a qualquer minuto. E todo cuidado é pouco. Com tudo. Com todos. Um medaço... Daqueles! Acabou a *brincadeira... Acabou o fazer de conta que está envolvido em alguma coisa. Ou se está, ou não está. Com tudo.*

Sei, sinto, percebo que tudo está começando a ficar feio. Muito feio. Até quando? Como sempre, não sei... Sei que preciso ter força e coragem. Cabeça e coração no lugar. Quando puder, te mando notícias.

Beijos assustados

da sua sempre amiga
Marília

●

1º de janeiro de 1969

Que noite... Que tristeza... Que medo no ar. Ninguém com vontade de festejar nada. Um réveillon recolhido. Sem sorrisos, sem danças. Se todo o ano de 1969 for assim, não sei se vou aguentar... Aprender a ficar calada, a olhar com desconfiança, a não deixar passar a emoção ou os sentimentos. Viver dum jeito sem soltura. Com cautela. Tomara que este desentusiasmo passe logo. Se continuar assim, não sei o que será de mim. Do Dirceu. De nós dois. Dos companheiros. Dos amigos. Do pessoal do movimento estudantil. Do nosso povo. De todos nós. Do Brasil.

Assim mesmo, um bom 1969! Na medida do possível...

●

6 de janeiro de 1969

Hoje à noite fui ao apartamento do Dirceu. Sozinha. Com a chave que ele me deu. E um papel com suas instruções escritas. Segui direitinho. Uma a uma. Na sequência que ele pediu.

Rasguei e piquei as apostilas, os panfletos, o material mimeografado, as traduções, em pedacinhos. Queimei junto com a caderneta de endereços e a agenda. Separei uns envelopes grandões, pardos, e embrulhei bem embrulhados pra deixar com o Vicente. Procurei os livros da lista, empilhei e empacotei em caixas pra levar pra casa do Fernando. Eles dois já estão sabendo o que vão fazer com isso tudo.

As cartas, bilhetes, fotos, alguns discos e uns pôsteres, levei comigo, pra minha casa. Amanhã passo no Vicente e no Fernando e entrego o que vai ficar com eles.

Voltei um caco. Cansada, suada. Arrasada, arrebentada. Como se tivesse rasgado, picado, queimado, passado tinta branca numa parte importante da minha vida. Não consigo segurar a tristeza. Estou acordada, em claro, toda esta noite, chorando. Sem parar. Soluçando. Inconsolável.

•

— Marília, precisamos de sua ajuda. É importante.

— Se for possível, Cláudio, é claro. Do que se trata?

— Dá prum companheiro ficar escondido em sua casa? Só por alguns dias. Até ele poder ir prum lugar seguro. A situação dele está muito complicada. Polícia atrás. Seguindo todos os passos...

— E o que digo pra minha família?

— Inventa alguma coisa. Diz que ele veio pralgum congresso. De Odontologia ou coisa parecida. Mas que terá que ficar preparando seu trabalho, sem ser incomodado, em total concentração, por uns três dias. Ele não pode pôr nem o nariz pra fora de casa.

— Tá. Vou ver o que consigo e te ligo.

— Ficou louca? Não telefona coisa nenhuma. Estão controlando os telefonemas. A gente se encontra naquele barzinho em Pinheiros e você me dá a resposta. Às 6 em ponto.

— Até. Até já.

— Obrigado.

•

— Marília, dá pra usar seu carro hoje?

— A que horas? E pra quê?

— Pro meio-dia. Temos que levar um companheiro até Santos. De lá, ele já tem a rota traçada e contato feito. Você vai dirigindo como se fosse prum piquenique, um passeio. Ele te dirá onde vai saltar. Tá tudo planejado.

— Tá. Avisa que estarei com meu Gordini azul, ao meio-dia em ponto, na porta do Cine Marabá.

Reviravoltas

6 de janeiro de 1970

    Dirceu, procuradíssimo pela polícia, foi pra clandestinidade. Escondido. Não sei onde mora. Pela própria segurança dele. E minha. Se for presa, não sei nada mesmo. Melhor assim. Emagreceu adoidado. Cortou os longos cabelos pra despistar. Deixou crescer um bigodão. Mudou os óculos. Está quase irreconhecível.
    Parou de dar aulas na faculdade. De fazer suas traduções. Milita na ALN, Ação Libertadora Nacional. Todos os dias e todas as noites. De domingo a domingo. Sem parar. São incansáveis. Um grupo de gente corajosa, liderados pelo Carlos Marighela. Largaram tudo o que faziam na vida, só pra lutar pela Revolução. Dispostos a tudo. Até a dar a sua própria vida pelo que acreditam. Como os inconfidentes...
    Telefona sempre que pode. Em horas disparatadas. Meu coração bate como louco. Fico alegre e feliz, quando falamos. Na hora em que desliga, começo a chorar. Sem parar. Fico triste, solitária...
    Pra nos vermos é uma dificuldade. Recados, só quando tem um portador de confiança. Chegam bilhetes nas minhas mãos, de modo misterioso. Encontro de repente, num livro que alguém me empresta, num maço de cigarros que alguém esquece perto de onde estou, uma palavra sua. Sinto que está animado. Confiante no seu grupo.

Morro de saudades dele... Sinto tanta falta de nossos papos, das discussões acaloradas, das trocas de opiniões, de sua voz firme e confiante me ensinando tanto... Sobre tudo. Me apontando caminhos. Me fazendo ir pro mundo. Dum jeito valente. Sabendo enfrentar meus medos, minhas dívidas, minhas dúvidas.

Sinto falta de seu carinho, de seu amor, de suas mãos passando pelo meu corpo, de seu olhar derretido ou chamando com pressa e desejo, de nossos passeios, de nossa paixão... Do seu romantismo, tão bonito! Compreendo que não teve opção. Se ficasse exposto à luz do dia, já estaria preso. E sendo torturado...

Quando conseguimos nos ver, é um deslumbramento. É tanto pra falar, pra ouvir, pra saber, pra amar, pra beijar... Parece que o tempo não vai dar. Acaba dando. Tem que dar. Um amor tão grande, que continua tão intenso...

Na semana passada, estivemos juntos no Rio. Fui sozinha. Encontrei com um companheiro no bar da rodoviária. Aí começamos a andar, pegar ônibus, descer, pegar outro, subir ladeira, pegar outro ônibus, até eu não ter a mínima ideia de onde estava. Não sei mesmo onde fui parar. Sei que cheguei, sentei, esperei quinze minutos. Contados. Com o coração batendo forte. Fortíssimo. Ele chegou. Ficamos juntos a noite toda. Foi tão bom... Foi lindo!

Na manhã seguinte, saí cedo. Cedinho. Tomei um ônibus, olhando bem quem estava por perto. Pra todos os lados. Todo cuidado é pouco. Tem polícia seguindo por todo lado. Sem farda, pra se aproximar. Com farda, pra pedir documentos, controlar e prender se acharem que é o caso.

O clima está irrespirável. Medo o tempo todo. Pânico, mesmo. Prendem, torturam da maneira mais violenta que já se ouviu falar. Arrebentam pessoas, violam mulheres, machucam todo o corpo, queimam as unhas, deixam de ponta-cabeça segurando num pau de arara... Horror. Puro horror.

Voltei pra casa. Pra São Paulo. Pra faculdade. Pras minhas atividades. Pros meus estudos. Fazendo o que posso. Sempre. Mas é pouco, muito pouco. Sempre. Vivo triste. Cantarolo a canção do Chico, a Roda-viva. *Me sinto como ela diz:*

A gente quer ter voz ativa
No nosso destino mandar
Mas eis que chega a roda-viva
E carrega o destino pra lá.
Roda mundo, roda gigante
Roda moinho, roda pião
O tempo rodou num instante
Nas voltas do meu coração.
A gente vai contra a corrente
Até não poder resistir
Na volta do barco é que sente
O quanto deixou de cumprir.
Roda mundo, roda gigante
Roda moinho, roda pião
O tempo rodou num instante
Nas voltas do meu coração.

Revolta

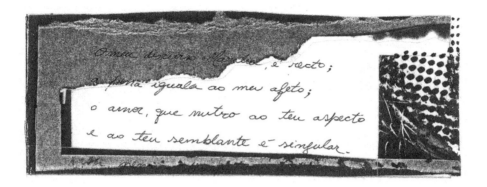

São Paulo, outubro de 1971

Querida Marilu

A coisa aqui continua preta. Difícil. Cada dia mais... Dirceu está preso. Fez um ano. Estão acabando com ele, pelo que soube. Está um caco. Todo arrebentado. Não consigo visitá-lo. Nem implorando...

Às vezes recebo alguma notícia. Já nem tenho mais lágrimas. Nem consigo me desesperar mais. Parece que me transformei num muro. Fechada. Sem emoções. Dura com todos. Dura comigo. Não tenho mais espaço pra sofrer. Que loucura... Fazer isso com um homem, com um ser humano, que só quis que seu país fosse melhor, fosse mais justo, mais digno. Tratado como um criminoso, como um batedor de carteiras. Não como um bravo guerreiro. Não como um herói.

Beijos tristonhos da sua sempre amiga

Marília

P.S. – Bem fez você que não voltou pra cá. Pra viver nisto em que o Brasil se transformou. Melhor mesmo estudar, trabalhar, crescer aí nos Estados Unidos. Torço pra que dê tudo certo contigo.

3 de maio de 1972

Recebi hoje uma carta do Dirceu. Trazida por meios misteriosos e mãos desconhecidas.

"Querida, parece que serei solto. Mas irei direto pro exílio. Não há a menor condição de ficar aqui. Por agora. Pra mim. Devo ir pra França. Não está certo ainda. Depende de alguns acertos. Quando puder, te mando meu paradeiro. Quem sabe a gente se vê logo? Quem sabe a gente se vê um dia?

Copio uns versos do Tomás Antônio Gonzaga, escritos na prisão pra sua Marília. Falam de como eu me sinto sobre a minha Marília, nesta cela onde sufoco e me desespero...

> O meu discurso,
> Marília, é recto;
> a pena iguala
> ao meu afecto;
> o amor, que nutro
> ao teu aspecto
> e ao teu semblante
> é singular.
> Ah, nem o tempo,
> nem inda a morte
> a dor tão forte
> pode acabar!

Beijos de quem te amou desde o primeiro minuto que te viu

Dirceu."

Em volta

— Foi assim que aconteceu, Lia Mara. Desse jeito...

— Que barra, amiga...

— Desculpe as lágrimas caindo... Ainda dói muito. Ainda bate uma tristeza imensa. Sem fim... Sem remédio. É começar a falar e volta tudo...

— Estranho seria se você não se sentisse assim... Que injustiça. Um amor tão grande, ceifado, cortado desse jeito.

— E respirar aliviada, porque o Dirceu sobreviveu. Não foi assassinado como tantos outros que desapareceram nas prisões, no mar, foram dados como atropelados... Jovens entusiasmados, que tiveram suas vidas estraçalhadas. Seu presente surrado e seu futuro negado. No final, foi como na Inconfidência Mineira mesmo... Mudaram só as palavras. Os atos foram os mesmos. Presos, enforcados ou exilados... A ditadura brasileira jogou fora seu bem mais precioso. Seus jovens com o peito aberto e as mãos em garra pra luta. Seus homens com fé e esperança.

— Que triste, que triste...

— Pois é... Mesmo que hoje a gente saiba que politicamente se fez muita bobagem naqueles anos. Muita porra-louquice. Muitos erros, por não percebermos direito o que estava acontecendo e o que poderia acontecer... Mas como escreveu o José Carlos de Oliveira, numa crônica linda que publicou no *Jornal do Brasil*: "Aqueles jovens inconformados, rebeldes, impacientes, incompreendidos"... Tínhamos o direito de viver nossas vidas. Plenamente.

— Teve notícias dele?

— No começo, sim. Cartas e bilhetes. Dias e noites de ansiedade esperando o carteiro, o amigo chegando da Europa, alguém disposto a trocar os envelopes em Lima e se fazer de pombo-correio, a tia de não sei quem que vinha com mensagens... Um telefonema quando quebrava um telefone público em Paris e que me acordava na madrugada daqui, contando coisas sobre a noite de lá... Sonhos e projetos. A vida sendo adiada, adiada... Em compasso de espera. E um dia, a gente acordando e percebendo que tudo ficou distante. Remoto. Longe demais. Nós dois já éramos outras pessoas. Tínhamos crescido muito, sim. Mas um longe do outro... Em outras águas. Em outra rotação...

— Ele voltou pra cá?

— Tentou voltar com a anistia. Em 1979. Tinham se passado onze anos desde que nos conhecemos. Tempo demais... Pra ele, em tudo. Não se achou mais por aqui. Tentou. Tentou bastante. Acabou voltando pra França, onde tem família, laços, amigos, trabalho.

— Mas as marcas ficaram, não?

— Pra nós dois? Ah, a dor dum amor que não aconteceu como poderia ter acontecido. Na sua plenitude. Que foi cortado, mutilado. Com muito sofrimento, muita dor, muita impotência, muita saudade...

— E fora a dor?

— A lembrança bonita do que fomos um pro outro. Pra mim, o primeiro amor, a primeira entrega. Pra ele, a escolha madura. Pros dois, um amor poético, marcante, belo... Será uma recordação forte, sempre. Tenho certeza.

Volta às voltas

— E depois?
— Ah, Lia Mara... Aconteceu tanta coisa. Namoricos, namoros, relações sérias, grandes amigos, amantes fantásticos, um casamento acabado, outro mal iniciado. Alguns desafios, muita dor de cabeça. Achados e perdidos. Encontros e desencontros. Erros e acertos. Como todo mundo...
— É. Como quase todo mundo... E agora?
— Você não vai acreditar. Acho que vai rir. Veja se não é incrível! Outra coincidência. Bem louca. Lembra do Vinícius?
— Que Vinícius?
— Aquele de quem te falei há pouquinho... Um dos que não permiti que se achegasse em 1968. O que estudava arquitetura, desenhava, me convidava divertidamente pra tudo. Aquele com quem eu nunca topei nada, porque achava que não era meu tipo...
— Então?
— Nos encontramos. Por puro acaso. Há uns seis meses. Fomos prum bar, conversamos, rimos até de madrugada. Ele quis que a gente se visse de novo, no dia seguinte...

— E você?

— Te disse que ficava martelando sempre que morria de arrependimento por não ter vivido nada com ele. E com os outros que me paqueravam naquela época... Que sentia raiva de mim mesma, porque não abri nenhuma porta. Não me permiti. Então, achei que chegava de ficar falando "Bem-feito pra mim". Resolvi dar uma chance. Pra mim. E pra ele. Topei o encontro.

— E?

— Temos saído juntos. Sempre. Nos divertimos muito. Tem um tremendo senso de humor. É ótima companhia. Pra tudo. Ou quase tudo...

— O que ele faz?

— É um arquiteto bem conhecido. Criativo. Bastante talentoso. Continua interessado em tudo. Um tremendo dum devorador cultural, como eu já achava. Agora, mais refinado. Viajado. Por dentro do que acontece no mundo. Sabendo das coisas. É papo gostoso pra qualquer assunto.

— Sei...

— Não era meu tipo quando moço. Agora, maduro, se tornou um homem muito, muito interessante. Bem meu gênero. Cabeleira grisalha, corpo cuidado, bronzeado. Elegante com seus *blazers* ingleses, suas roupas impecáveis, seu cachimbo cheiroso. Charmoso, bem transado e fazendo o tipo displicente. De chamar a atenção... Quem diria?

— Então?

— Continua me surpreendendo nos seus agrados e atenções. Carinhoso. Sempre descobrindo uma novidade, alguma coisa que me encante, que me faça sorrir ou me derreta. E não é nenhum alienado. Participa dos movimentos dos arquitetos, dos intelectuais, de algum candidato quando dá pra acreditar e encampar...

— E qual é o problema?

— Está apaixonado por mim. Não é de hoje. Diz que não aguenta mais esta minha lenga-lenga, este "não sei, não me apresse, não me pressione"... Quer minha resposta até amanhã. Escolher entre continuar vivendo sozinha, independente, ou ficar com ele. Quer tentar uma relação pra valer.

— E você?

— Eu estou indecisa... Ainda. E de novo, aqui na Vienense, conversando com você, tenho que fazer uma escolha decisiva. Nas próximas horas. De novo, meu destino, meu futuro, estão aguardando a manhã de amanhã.

— Desta vez não vou palpitar. Nem falar. Nem inventar outros caminhos. Você já tem idade suficiente pra resolver sozinha. Pra saber o que quer. E experiência bastante pra saber que nada é definitivo ou é pra sempre. Pode até ser... mas não é obrigatório. Já tentou fazer a sua listinha dos prós e contras?

— Claro. Muitas vezes.

— E?...

— Acho que agora consegui clarear o que estava escuro...

— Que bom! Já era hora... Decida o que decidir, gostaria de saber da sua escolha. Logo. Não daqui a vinte anos...

— Bem, então te procuro amanhã. E conto. Juro. Pela alma da minha mãe.

— Então, até amanhã. Fico no aguardo. Garçom, a conta, por favor...

A autora

Irene Abramovich

Meu nome é Fanny, meu sobrenome Abramovich. O mesmíssimo desde que nasci. Sem pseudônimos, sem apelidos, mas com alguns diminutivos. Fan, Fannyzinha, Fanicota.

Por toda a vida, só conservei o nome. O resto, mudei. Sempre. Procurei, encontrei, cansei, não gostei, repeti, desviei das respostas que já conhecia. Tratar de encontrar novas perguntas. Logo! Sempre!!

Não sou a Marília deste livro. Até porque em 66-68 vivia em Paris. Incansável nas intensidades buscadas e experimentadas. Querendo conhecer mais, outros lugares, outras opiniões, outras explicações, outros tudo. Foi "divino e maravilhoso", como dizia uma canção daqueles tempos.

Em *As voltas do meu coração* aproveitei algumas das minhas emoções e espantos e transferi para as acontecências vividas pela Marília. Até porque as emoções não são datadas nem situadas numa determinada geografia.

Como Marília, levei a vida que quis. E que quero. Questionando sempre. Me jogando por inteiro. E é isso, realmente, o que me importa.

Entrevista

Em *As voltas do meu coração*, acompanhamos as lembranças de Marília, uma mulher muito especial que não apenas viveu sua juventude numa época com a qual até hoje sonhamos – as décadas de 1960 e 1970 – como se dedicou a viver ao máximo seu momento presente e tudo o que o mundo poderia lhe oferecer. Seria interessante entrevistar a autora dessa terna viagem no tempo, você não acha?

HOJE VIVEMOS UM MOMENTO APARENTEMENTE MUITO DIFERENTE DAQUELE DOS ANOS 1960 E 1970. NO QUE CONCERNE À REBELDIA, LIBERDADE, OUSADIA, O QUE VOCÊ ACHA QUE AQUELA ÉPOCA AINDA PODE SIGNIFICAR PARA NÓS?

• Conhecer, saber, lembrar, mergulhar, se inteirar, acreditar nas possibilidades de profundas mudanças nossas, dos outros, do país, do mundo... e não estancar nuns indiferentes e passivos "tanto faz", "pra mim dá na mesma", "não estou nessa", "não dou a mínima" e que tais, palavras de ordem de hoje. Foi o momento no mundo em que todos estavam "atentos e fortes", em que se foi, visceralmente, generoso. Havia disposição de dar a vida por um mundo melhor, mais justo, mais bonito, mais vivível. Foi um movimento da juventude pipocando em todos os cantos do mundo simultaneamente.

O FINAL DA DÉCADA DE 1960 FOI TAMBÉM UM PERÍODO DURO PARA O PAÍS, SUBMETIDO À DITADURA MILITAR. QUAIS SÃO AS LEMBRANÇAS E MARCAS MAIS PROFUNDAS DA SUA VIVÊNCIA SOB O REGIME AUTORITÁRIO?

• Visceralmente, o medo. O temor de ser presa, de ser torturada, de não resistir e entregar informações e companheiros, de ser morta, de ter que fugir do país (não para dar um tempo, mas por impossibilidade total de ficar aqui). Saber dos desaparecidos e não poder chorar pelos meus mortos, porque ninguém confirmava o assassinato deles. Também foi uma época de maior empenho, de maior garra, do aumento das crenças, de buscar a abertura de novas e insuspeitadas trincheiras. Para mim, foi lutar por uma proposta de educação libertária.

MUITA GENTE HOJE ACHA OS POLÍTICOS E A POLÍTICA QUE SE PRATICA TÃO RUINS QUE CHEGA A DIZER QUE ESTÁVAMOS MELHOR SOB A DITADURA. QUAL É A SUA OPINIÃO A RESPEITO?

- Nunca! Nunca!! Nunca!!!

AGORA, SOBRE AS VOLTAS QUE O CORAÇÃO DÁ... O AMOR DOS ANOS 1960 E 1970 ERA DIFERENTE DO DE HOJE? EM QUE ASPECTOS?

- Sempre é diferente quando se tem dezoito ou vinte anos... A primeira entrega, o primeiro prazer intenso, a primeira escapulida para valer, a primeira transgressão... não varia muito de uma década para outra.

EM *AS VOLTAS DO MEU CORAÇÃO*, HÁ MUITAS REFERÊNCIAS A EXPRESSÕES CULTURAIS DAQUELES ANOS. VOCÊ ACHA QUE ERAM ANOS MAIS PRODUTIVOS, NESSE SENTIDO? OU MAIS ENCANTADORES?

- Sim, acho. Eram mais irreverentes, mais buscantes, mais ousados, mais radicais, mais alegres e coloridos, mais dinâmicos... Da década de 1990 pra cá, tudo que vejo, leio, ouço, etc. é de uma mesmice medíocre...

É POSSÍVEL, AINDA, SER REVOLUCIONÁRIO NO SÉCULO XXI? VALE A PENA? COMO?

- Ser revolucionário é uma questão de postura diante do mundo e não ter uma carteirinha de militante. É uma escolha de como pisar no mundo, de como estar, de como contatar, de como produzir. Grandes revoluções acontecem mais nas criações literárias, cinematográficas, musicais do que nas passeatas repetindo os mesmos e cansados *slogans*. Nas próprias rupturas, nos caminhos e descaminhos, a opção revolucionária surge e brada! Mudam as crenças, não o centro nervoso. Não me entendo sem ser como uma pessoa revolucionária.

Compare-a com "Apesar de você", e também com algum "*rap* contestador" atual, assinalando diferenças e semelhanças:

Caminhando e cantando e seguindo a canção
Somos todos iguais, braços dados ou não
Nas escolas, nas ruas, campos, construções
Caminhando e cantando e seguindo a canção

Vem, vamos embora, que esperar não é saber
Quem sabe faz a hora, não espera acontecer

Pelos campos há fome, em grandes plantações
Pelas ruas marchando, indecisos cordões
Ainda fazem da flor seu mais forte refrão
E acreditam nas flores vencendo canhão

Há soldados armados, amados ou não
Quase todos perdidos de armas na mão
Nos quartéis lhes ensinam uma antiga lição,
De morrer pela pátria e viver sem razão

Nas escolas, nas ruas, campos, construções
Somos todos soldados, armados ou não
Caminhando e cantando e seguindo a canção
Somos todos iguais, braços dados ou não

Os amores na mente, as flores no chão
A certeza na frente, a história na mão
Caminhando e cantando e seguindo a canção
Aprendendo e ensinando uma nova lição

Você acha que houve muitas mudanças em relação a isso, de lá para cá? O que mudou? O que não mudou?

5. Na página 55, Marília conta que Dirceu, em sua aula, parte de uma comparação entre a Inconfidência Mineira, de 1789, e a resistência, inclusive armada, contra o regime militar que se instalou no Brasil em 1º de abril de 1964. O que você pensa dessa comparação? Justifique sua resposta.

Linguagem

6. Na página 26, Marília conta que, em dado momento, resolveu trocar de visual. E diz: "Cansei de usar as roupas que o Alfredo gosta tanto. Não que sejam feias... [...] Só que são para outro tipo de garota. [...] Ando muito confusa com o Alfredo. Parece que ele quer outro tipo de mulher. Diferente da que estou me tornando. Quando experimentei as roupas novas, percebi bem isso... [...]". O que você acha desse relato? Foi a roupa que, num passe de mágica, levou Marília a se comportar de modo diferente? Marque a alternativa com a que concordar:

( ) Marília ainda acredita que o "hábito faz o monge". Comprou roupas novas e acha que também mudou, é uma nova garota, e precisa dar um jeito novo em toda a sua vida.

( ) Pelo jeito, as roupas tiveram o efeito psicológico, ou talvez algo mágico, de mudar as ideias de Marília, inclusive em relação ao seu namorado.

( ) Nada de mágica, nem foram as roupas que causaram a mudança. Apenas, quando se viu no espelho de roupas novas, Marília sentiu-se muito mais à vontade consigo mesma, o que tornou evidente que ela passava por mudanças.

7. Marília ganha de Alfredo um anel de noivado. Mas, na página 28, em vez de usá-lo no dedo em que tradicionalmente se usam anéis desse tipo (o anular da mão direita), fica experimentando em outros, e diz a Alfredo: "Gosto de ficar pondo, tirando, experimentando de outro jeito, fazendo rodar de frente para trás". A partir desse trecho, assinale as afirmações com que concordar.

( ) Trocando o anel de dedo, Marília busca ganhar tempo, consolidar sua certeza, para dizer o que já sente dentro de si.

( ) Marília não entendeu que Alfredo a está pedindo em casamento e está experimentando o anel como se fosse um anel comum.

( ) O que ela diz sobre o anel, "gosto de ficar pondo, tirando, experimentando de outro jeito", já é uma maneira de começar a dizer a Alfredo que ela se percebe de uma maneira diferente da que ele gostaria que ela fosse. Marília se acha uma pessoa diferente da que ele desejaria ter como esposa. E já não quer ficar presa às restrições dele, muito menos se casar com Alfredo.

( ) Marília diz que "gosta de experimentar" por nervosismo. Ela sabe que tem de terminar o namoro, mas não descobriu como entrar no assunto ainda, preocupada em evitar que Alfredo provoque uma cena.

( ) Marília está fazendo um certo charme para ver se Alfredo a aceita como é.

Atividades complementares

•

(Sugestões para Cinema, Literatura, Música, História e Geografia)

10. O livro cita várias personalidades famosas que se tornaram símbolo daqueles anos. Faça uma pesquisa e descubra o que puder a respeito:
    - do teatrólogo José Celso Martinez Correa;
    - do guerrilheiro argentino que participou com destaque da Revolução Cubana, Ernesto Che Guevara;
    - da atriz Leila Diniz;
    - do cantor e compositor Chico Buarque de Holanda, ainda hoje um dos mais importantes e mais populares do Brasil.

11. Também é citado no texto um casal romântico da época da Inconfidência: Marília e Dirceu. Que tal descobrir alguma coisa sobre eles? Uma dica: Dirceu era o codinome poético de um dos inconfidentes, Tomás Antônio Gonzaga.

12. Vários filmes retrataram os anos 1960 e 1970 e a luta contra o regime militar. Entre eles estão *O que é isso companheiro?*, de Bruno Barreto (L. C. Barreto Ltda./Equador Filmes), baseado no romance homônimo, de Fernando Gabeira, publicado pela Companhia das Letras, em 1979, e *Lamarca*, de Sérgio Rezende (Sagres Rio Filmes). Procure assistir a esses filmes, e depois se reúna com seus amigos ou colegas para discutir sobre aqueles tempos.

13. Outra música que se tornou hino da luta contra a ditadura foi "Pra não dizer que não falei das flores", de Geraldo Vandré. Apresentada no Festival Internacional da Canção, no Rio de Janeiro, em 1968, foi consagrada pela plateia mas, logo depois, censurada. Seu compositor saiu do palco para a prisão, pelo que consta, e da prisão para o exílio. A seguir, a letra. (Se puder, ouça também a música.)

Hoje você é quem manda
Falou, tá falado
Não tem discussão
A minha gente hoje anda
Falando de lado
E olhando pro chão, viu
Você que inventou esse estado
E inventou de inventar
Toda a escuridão
Você que inventou o pecado
Esqueceu-se de inventar
O perdão

Apesar de você
Amanhã há de ser
Outro dia
Eu pergunto a você
Onde vai se esconder
Da enorme euforia
Como vai proibir
Quando o galo insistir
Em cantar
Água nova brotando
E a gente se amando
Sem parar

Quando chegar o momento
Esse meu sofrimento
Vou cobrar com juros, juro
Todo esse amor reprimido
Esse grito contido
Esse samba no escuro
Você que inventou a tristeza
Ora, tenha a fineza
De desinventar

Você vai pagar e é dobrado
Cada lágrima rolada
Nesse meu penar

Apesar de você
Amanhã há de ser
Outro dia
Inda pago pra ver
O jardim florescer
Qual você não queria
Você vai se amargar
Vendo o dia raiar
Sem lhe pedir licença
E eu vou morrer de rir
E esse dia há de vir
Antes do que você pensa

Apesar de você
Amanhã há de ser
Outro dia
Você vai ter que ver
A manhã renascer
E esbanjar poesia
Como vai se explicar
Vendo o céu clarear
De repente, impunemente
Como vai abafar
Nosso coro a cantar
Na sua frente

Apesar de você
Amanhã há de ser
Outro dia
Você vai se dar mal
Etc. e tal

Produção de textos

•

8. Que tal fazer uma pesquisa sobre os anos de ditadura e escrever um texto explicando as diferenças entre o regime ditatorial e a democracia que temos hoje no Brasil? Abaixo, sugerimos alguns pontos para você investigar na sua pesquisa:

- O Ato Institucional nº 5, assinado em dezembro de 1968, um marco do endurecimento do regime militar que vinha desde 1964.
- A censura, que atingiu a imprensa, a literatura, a música, o cinema, o teatro e todas as formas de expressão cultural.
- A interferência do governo na ação dos sindicatos.
- Os dois únicos partidos legalizados (os outros tinham sido dissolvidos e atuavam apenas clandestinamente): o de apoio ao governo (Arena) e o de oposição (MDB).
- Resposta do governo: cassação, prisão, tortura, exílio e morte dos descontentes com o regime.
- As muitas facções da oposição, a luta armada, a clandestinidade, a UNE.
- A anistia e as Diretas-já.

9. Durante a época da ditadura militar, os compositores eram impedidos de expressar diretamente críticas ao regime em suas obras: antes de lançar seus discos, eram obrigados a submetê-los ao julgamento de um censor, que proibia as letras consideradas "subversivas". Para escapar, muitos tentavam "enganar" os censores, utilizando *linguagem figurada* em suas canções. Procure o significado dessa expressão em um dicionário e, a partir disso, interprete a letra de "Apesar de você", espécie de "hino antiditadura" composto por Chico Buarque:

Por dentro do texto

•

Personagem, tempo, espaço e enredo

1. Depois de ler *As voltas do meu coração*, você deve ter ficado com algumas impressões sobre Marília. Como você a vê? O que acha das atitudes que ela tomou (o rompimento do namoro, a participação nos movimentos estudantis, por exemplo) e das escolhas que fez na vida?

2. Você tinha alguma imagem ou ideia a respeito dos anos 1960 e 1970? Qual?

3. O que você pensava sobre os anos 1960 e 1970 está de acordo com o que você leu em *As voltas do meu coração*? Em quê? E quais são as diferenças?

4. Como muitas garotas de sua época, Marília foi educada de acordo com valores que previam para a mulher uma espécie de caminho único: ser esposa e mãe, não trabalhar fora, "obedecer" a seu marido. Muitas sugestões a esse respeito estão espalhadas pela história, principalmente nos trechos que contam o namoro de Alfredo e Marília.

As voltas do meu coração
Fanny Abramovich

Suplemento de leitura

Lia Mara e Marília eram muito amigas nos tempos de colégio. Certo dia, após um afastamento de mais de vinte anos, Lia Mara liga para a antiga amiga e, em meio a muita emoção, as duas se encontram numa confeitaria que costumavam frequentar quando garotas. É tempo de pôr os assuntos em dia...
O coração dá muitas voltas... dá mais voltas do que o mundo. Ou, então, é o coração que faz o mundo girar e girar.
Acompanhando a trajetória de Marília, que foi uma garota tão especial, vamos percorrer vários aspectos dos anos 1960 e 1970, que deixaram marcas ainda visíveis no Brasil e no mundo.

Este suplemento de leitura integra a obra As voltas do meu coração. Não pode ser vendido separadamente. © SARAIVA EDUCAÇÃO S.A